# 幸福爱

柴亚娟 著

北方文艺出版社

哈尔滨

**图书在版编目（CIP）数据**

幸福爱 / 柴亚娟著. -- 哈尔滨：北方文艺出版社，
2022.3

　ISBN 978-7-5317-5473-2

　Ⅰ.①幸… Ⅱ.①柴… Ⅲ.①小小说—小说集—中国
—当代 Ⅳ.①I247.82

　中国版本图书馆CIP数据核字(2022)第030462

# 幸福爱
XINGFU AI

作　者 /柴亚娟

责任编辑 / 张　璐　　　　　　　　装帧设计 / 李洪双

出版发行 / 北方文艺出版社　　　　网　址 / www.bfwy.com
邮　编 / 150008　　　　　　　　经　销 / 新华书店
地　址 / 哈尔滨市南岗区宣庆小区1号楼

印　刷 / 三河市嵩川印刷有限公司　　开　本 / 787×1092  1/16
字　数 / 179千字　　　　　　　　印　张 / 13.75
版　次 / 2022年3月第1版　　　　　印　次 / 2022年3月第1次印刷

书　号 / 978-7-5317-5473-2　　　　定　价 / 68.00元

## ◎ 用真心表达真实

秦 俑

发现并讲好一个故事，更多体现的是小小说创作者对外部世界的一种审视与把握。在创作发生之前，每位创作者还需要做另外一件重要的事情，就是要对自己做一个内部的审视，要对自我未来的创作发展有一个比较清醒的把握。

从编辑引导的角度出发，我通常将小小说作家分为三类：

第一类，境遇型作家。也可以叫经验型作家。这类作家或生活阅历丰富，或人生体验多变，是原始创作素材的富有者。人生处处皆文章，这类作家只需用笔写写自己的生活，写写周围的人和事，就够了。比如说，一个人身在官场，随着分工、职位不断变化，就能为他创作官场小小说提供最直接的素材。

第二类，才情型作家。这类作家常常有着令人艳羡的天赋，如丰富的想象力、对新鲜事物天生的敏感、与生俱来的对语言的轻松驾驭等等。即使面对庸常的生活，他们也能化腐朽为神奇，写出别致的作品来。比如说，有的作家语言感觉非常好，或清新隽永，或优雅时尚，或富有诗意，这就是他们的"独门武器"。

第三类，智慧型作家。这类作家主要靠"点子"来写作，他们充满睿智，会编故事，擅于思考，非常善于运用自己的认知与认识能力，将个人对社会、对人生的感受，从容地融入到天马行空的故事中，具备一定的创新能力。谢志强、滕刚、蔡楠都属于此类，在小小说创作领域，他们本身就是充满寓意的存在。

在我的印象中，东北作家柴亚娟应当属于境遇型作家。

她为新生活喝彩，以解剖之刀、反思之力呈现自己的多彩人生。《报名》是柴亚娟的小小说处女作，"我"对自我成长的怀疑和校长带有善意的引导，让一个本该早嫁、生子，然后过完平凡一生的女孩改变了人生的轨迹。这样一篇带有自传性质的作品，后来发表在《百花园》2015年第9期，也成为了柴亚娟小小说成长历程中一个闪光的起点。命运的手掌里总有漏网之鱼，小说中的"我"幸运地重回校园，完成了一段化蛹为蝶的艰难蜕变。生活中的柴亚娟师范毕业，在小城当过几年教师，后来又打破"舒适圈"，到省城开启了另一段生活，为她的文学创作打开了一扇新的大门。

她为小人物立传，塑造了一系列鲜活立体的底层人物形象。柴亚娟的小小说作品中，有相当一部分描绘的是小人物的生存境况，在慧姐、阿秀、杨二、小丫、兰姐、大萍、英杰等人的身上，我们或多或少都可以看到作者曾经生活的影子。在柴亚娟勇闯省城第二次创业的过程中，她当过服务员，做过钟点工，摆过地摊，开过幼儿园，干过网站编辑，办过文化学校……丰富的工作和生活经历，让她有更多机会接触形形色色的人际关系，也让她对社会和人生的认识有了更深的体悟，才有了像《慧姐》这样相对复杂的故事与人物。"我现在最大的理想是：把自己变回小时候。"慧姐这一声发自内心的呐喊，不仅让作者柴亚娟难以忘怀，也让作为读者的我们为之动容。

她为新时代画像，以小小说的"小"映射出一个时代的发展变迁。在柴亚娟的小小说世界中，无论是一个微笑，一声叹息，一场相聚，一次别离，抑或是一朵花的绽放凋零，一个人的磨炼成长，一个家庭的悲欢离合，一个时代的风起云涌，都好像是在文字与故事的经营中无意间透露出来的。在她的笔下，所有人物的命运既是性格使然，也都带有一个时代的印记。《醉花》中阿华们对爱情婚姻的执念，《心安》透露出来的价值观和亲情观，《母亲》所揭示的从乡土到城市、从传统到现代人心的变化等，无一不显示出作者对当下社会保持着一份文学的敏感与热情。

读柴亚娟的作品，我的脑海里不停地闪现着一个"真"字。在这个浮躁的时代，能够真心贴近生活，真情扎根人民，真诚投入创作，真实反映社会，对文学理想保持一颗真挚之心，这是一件令人钦佩和羡慕的事情。

最近，柴亚娟的第一本小小说作品集就要出版了。经常有小小说新作者问我，到底要怎样才能写好小小说？其实文学创作哪有什么窍门和捷径，多读书，多思考，多练笔，坚持下去，不停地突破自己，超越自己，总有一天你会发现，其实成功就在一墙之隔。

让人欣慰的是，就在记下这些粗浅阅读心得的时候，我再次看到了柴亚娟的小小说新作。《荒原上的狼》是不同于她过往创作风格的作品，也很难用境遇型作家来对她进行定位，它来源于作者对于人类生存境遇的想象和拷问，有着更为显著的现代意味与哲学意蕴。就是这样的一篇作品，让我们看到了柴亚娟小小说创作的多样性和一位新作家不断探索和不断进步的无限可能。

秦俑，中国作家协会会员，《小小说选刊》主编。

## 阿兰

## 幸福爱

## 妈妈，再爱我一次吧

## 瓜熟并非蒂落

## 夏青生命里的六十分钟

## 一瞬就是一世

## 评论和后记

# 阿兰

阿兰 / 报名 / 找 / 醉花 / 私房钱 / 生命 /
倔驴杨二 / 花音 / 背影

阿兰主动给刘老板打电话请罪，承认错误，说自己对失火之事要负全责。刘老板看到阿兰态度诚恳，又念她当时是陪孩子玩，便没刁难她，还趁维修厨房期间，让她回家多待几天。

## ◎ 阿兰

国庆节期间，我在屯西稻田地里干活，手机突然来了一条短信，是阿兰发来的：我走了！永远永远！

看完信息，我心跳加速，手忙脚乱，急忙给阿兰打电话，可是手机提示关机。

情急之下，我打了120。再拨电话，手机却没电了。我转身往阿兰家跑。

阿兰是我发小，自打记事起，我俩好得就像一个人似的。

二十世纪八十年代初，阿兰高考落榜。第二年父母先后病逝，无法复读，便嫁给了本村的张小宝。

岁月匆匆，二十年后，阿兰的女儿即将念大学了。

阿兰意识到再不能窝在家里了。她和小宝商量后决定走出家门，去城里打工供女儿读书。

小宝找到了本村的三胖。三胖常年在外，脑瓜儿活泛。他是包工头，小宝跟随他干力气活。

阿兰代过课，开过幼儿园，想找个带小孩的活。她来到市妇联求助，经过推荐阿兰去了刘老板家。

刘老板是开"老字号"饭店的，属于家族企业。他有一对龙凤胎，上小学二年级了，男孩叫大毛，女孩叫小毛。阿兰负责接孩子放学回家和辅导写作业。

半年后，刘老板家的保姆有事离开了。刘老板找了好几个保姆，都没有看中，始终都没找到满意的保姆。

这期间，阿兰帮刘老板干了几天保姆的活。

刘老板觉得阿兰勤快，干活不错，就劝阿兰把保姆的活顶下来。答应她每月拿两份工资。

刘老板每月底还给阿兰放两天探亲假，阿兰非常地开心。

然而，日子并不是永远地开心。阿兰的麻烦来了，她炖菜出了个差错，差点儿把刘老板的别墅给点着了。

教师节当天，学校下午放假，阿兰把孩子接回家后焖饭炖菜。

大毛和小毛不想马上写作业，他俩不谋而合，要玩"老鹰"捉"小鸡"，但是没有"老鹰"。

两个孩子伸舌头做鬼脸，最后指着阿兰说：有了！他们跑到阿兰跟前，拽着阿兰的胳膊，非得叫她当"老鹰"。

阿兰笑了，寻思反正菜还得炖一会儿呢，就点头答应了。

她走到衣架前，拽出自己的围巾，叠几层，蒙住眼睛，系在脑后。嘴巴张得大大的，伸开两只胳膊，两手抓来抓去。三人叽叽嘎嘎，走廊客厅卧室跑来跑去，玩得不亦乐乎。

不知过了多久，阿兰闻到了糊巴味儿，猛然想起了锅里的排骨。

阿兰心里"咯噔"一下：不好，要出事！她拽下围巾，跑到厨房，只见浓烟四起，一股小火蹿起来！

阿兰立马关闸，随后拨打119。因扑救及时，火没有大面积蔓延，只有厨房小部分被毁。

阿兰主动给刘老板打电话请罪，承认错误，说自己对失火之事要负全责。刘老板看到阿兰态度诚恳，又念她当时是陪孩子玩，便没刁难她，还趁维修厨房期间，让她回家多待几天。

阿兰找到小宝，告诉了着火的事，并商量了如何赔偿。

最后，刘老板没叫她赔偿全部损失，只是象征性地扣阿兰一个月工资。

这件事都过去一年多了，阿兰早就跟我说过了呀，还能有啥事叫她想不开呢？

我跑到了阿兰家大门口，累得我话都说不出来了。只见院门大敞四开，院内仨一群俩一伙，好几拨人，嘀嘀咕咕，窃窃私语。有的说，过几天好日子烧的吧，还把小情人领回家了，让媳妇捉奸在床了吧，不出事才怪呢；有的说，男人不能总守活寡吧，媳妇常年不在身边，找个相好也正常；还有的说，都是为了生活呀！

我喘着粗气，忙问胖婶："出啥事了？"

胖婶嘴一撇，说："阿兰喝了敌敌畏，120车把她送到镇医院了。"

我扭头就往医院奔。

我找到了急救中心的医生，问阿兰咋样了？医生看了看我，说："多亏抢救及时，不然就没命了。"

我的一颗悬着的心，终于放下了。

我来到阿兰身边，紧紧地握住阿兰的手，说："你咋那么傻啊，快吓死我了！"

阿兰看见我来了，两行热泪顺着她惨白的脸颊落了下来。我的眼泪也流了下来。

我站起身，嘴里忍不住大骂张小宝："这个没良心的东西！"

阿兰向我摆摆手，说："我不怪他，其实小宝心里有别人是合法的。"

我惊疑地问："为啥呀？"阿兰说："都怪我没主见，听了小宝的馊主意。"

我问："什么馊主意？"

阿兰说："那年出事后，小宝说为了博刘老板同情，让我和他办'假'离婚，能少赔刘老板一些钱。"

## ◎ 报名

二十世纪八十年代中期，我在家乡的小镇读高中。

由于母亲身体不好，家里兄弟姐妹五个又都上学，只有父亲一人干活，家里非常困难。而我是孩子之中最笨的那一个，所以我没读完高中便辍学了。

开始，我觉得很爽，再也不用抠那些讨厌的数学难题，扎在外语课本里背诵那些枯燥的短语了。我和阿秀整日泡在一起，除了玩各种自认为有趣的游戏，就是去电影院看喜爱的电影。我们都非常开心。

这样的日子没过多久，阿秀就早早嫁人了。

我没了玩伴，一个人有些失落。夜深人静时，听着家人的呼噜声，枕着自己的心事，开始失眠了……

也许是因为我经历了这么一段日子的蹉跎，突然间长大了的缘故吧。

我看到同龄的女孩，还不满二十岁就结婚了，这就意味着她们要将自己的一生交给这片土地。想到这些，我有些害怕，更多的是不甘心哪！我不想让自己的人生，这么早就有了定论。我觉得回学校复读，才是我最该去的地方。

我决定重返校园。

于是，我背着家人筹学费了。那时候，自家的小园子就是一块宝地，比如黄瓜啦、豆角啦、辣椒啦……

我格外勤快，一大早就起来侍弄园子，或除草或浇水，或扶秧搭架。这些蔬菜越长越好，满身绿油油的，格外惹人喜爱。等青菜成熟了，就采摘下来拿到市场上去卖。每次都能卖个几块钱或者更多，除了交给妈妈外，我还能攒点儿零花钱。

就这样，没到两个月我就攒了30块钱。除此之外，我偷偷地去二姨家借了50块钱，去阿秀家借了20块钱，总算凑够了100块钱。

我满怀喜悦地拿着这笔学费，来到了实验中学报名。这所学校是省重点高中之一，我敲开了吴校长办公室的门。

那天是八月十五号，天气非常燥热。我身上出了许多汗，更多的是怀揣忐忑。

走进校长室，不知不觉，格外清爽。我站在报名的家长或学生后面，排队等候报名。

吴校长抬头瞥了我一眼，然后又低头继续工作。我默然地观望着，随着报名者的离开，发现大多数复读生都是因为志愿没报好才来重读的。

时间过得很慢，我的心绷得很紧。一刻钟后，轮到我了。

"你也来报名？"吴校长问。

"嗯。"我点了点头。

"你高考多少分？"吴校长又问。

我脑瓜嗡了一下，一片空白，只好摇了摇头。

"你没高考成绩来干啥？学校不收你这样的学生！"吴校长不客气地说。

听了吴校长的话，我的心立马缩紧了，杵在那儿傻了！

此时，不爱流泪的我，就像天塌了一样，呜呜地哭了起来！

我不知所措，是失望？是绝望？是委屈？都来不及细想，一切尽在哭声中，越哭越厉害！

片刻，我转过身冲出门外，不顾一切从五楼一直跑到一楼，又从一楼跑到校门口。

我停住了脚步，然后自语道：算了，不可能再读书了，永远都不会了！

可是，我真的不甘心哪！我想最后再看一眼这所学校，哪怕是最后一眼。

我回首那一瞬，竟然意外地看见了吴校长！他亲切地对我说："孩子，回来吧，学校破例收你了！"

原来，吴校长看到我失态，便跟在我身后，也跑着下楼了。

吴校长拉紧我的手，像怕丢了似的。他满脸的汗珠儿，在太阳下闪个不停，累得上气不接下气的。

我没再说什么，只觉得希望又回来了！我握紧了吴校长的大手，泪水再次奔涌而出。

从此，我踏上了这所梦寐以求的学校，背着父母上学了。

然而，就在我复读第五天的晚上，我躺在被窝里还没睡熟，蒙眬中听见了父母的说话声。

"还是让亚娟去念书吧？"母亲说。

"是啊，其实她挺聪明的，是被我忽略了……"父亲说。

我眯着眼儿听着，眼泪又一次奔涌而出……

而今，我已大学毕业，但每次回忆起那次报名，心里总是温暖的。就像当年吴校长的手一样，那缕残留的暗香，在我的心中拂过，它一直在我的生命中闪亮！

## ◎ 找

　　小芳下岗后，一直都没个像样的事儿做。迫于生计，才无奈地决定跟着老公铁子摆摊儿。

　　前几天，小芳看着铁子吆喝卖纱料挺自然的，可轮到自个儿却不好意思张口，一张口就像偷了人家的东西似的。几天后，终于顺过了架儿。

　　铁子乐意带小芳练摊儿，这样不但两人有了伴儿，还省得费劲找工作了。小芳跟铁子卖了十几天纱料，觉得一买一卖倒腾倒腾，比打工赚钱快，因此，干着干着就开始琢磨卖纱料了。

　　铁子是个挺保守的人，自打来到哈尔滨，凭着他在老家卖菜积累的经验，就爱摆摊挣钱，但上货卖货喜欢随大溜儿。眼下，小芳提出要改变卖纱料的路子，铁子不大赞同，但又怕打消她的积极性，才勉强答应。

　　翌日早晨，小芳夫妇来到早市，按着她策划的方案卖货。她把几十米的料子，每一种都扯成了三米或五米不等的布头，五颜六色地摆在摊上。不仅如此，小芳还用自家的纱料，去服装店做成连衣裙，换样穿着卖这些纱料。

　　铁子看着小芳这股子劲儿，心里喜忧参半。小芳呢，认准了，就一往无前。她光着脚丫，站在纱料摊上，左手攥着几样布角，右手拿着尺子，嘴里吆喝，说："纱料便宜了，快来买呀！以前十多块钱，现在卖七块钱一米了……"

　　这样不停地叫卖着，不大一会儿，就招来很多围观的人，大家听到她的叫卖，又看到小芳穿的连衣裙，觉得很好看，也很便宜，就动了心。这样薄利多销，一个早市下来，卖了九百多块钱，纯利润是往日的三倍。铁子乐了，对小芳竖起了大拇指。

　　小芳的点子好，纱料卖得多，进货就勤，顾客总能看到新花样。这样一来二去的，小芳夫妇经常没等摆好摊，就有顾客等候了。夫妇俩非常开心，一个收钱，一个量布，忙得不亦乐乎，纱料卖得越来越火了……

　　这一天，他们照例卖货，就在收摊的时候，小芳发现有两块三米的纱料，一种是蓝底碎花的，另一种是粉底碎花的，不翼而飞了！

　　她一边收拾一边没好气地嘟囔："让你眼睛管点儿事，你就是不听，你看看丢了吧。别看有些城里人穿得人模狗样的，贪小便宜的人有的是，那两块纱料一定是让人偷走了！"

　　铁子安慰老婆，说："咱卖得这么好，不在乎丢的那两块纱料，你就别心疼了，以后加小心就是了！"

　　话虽如此，小芳心里还是不大痛快。

　　这当口，小芳觉得在同一个市场卖了这么久，顾客也买得差不多了。两人一商量，做生意得灵活点儿，不妨去别的地方试试。

　　时间过得好快，这些天小芳夫妇到另一条街上的早市了，卖了大概一个月，也几乎饱和了。

　　他俩又重新回到家附近的早市，一些老顾客打招呼的多，买货的人却少了，所以小芳夫妇不得不离开了这个早市。

　　此时已是秋季，有的小商贩看着小芳夫妇纱料卖得火眼红，也效仿起来了，一个市场好几家卖一样货，大家卖得都不太好。小芳夫妇决定放弃卖纱料，再琢磨改卖别的东西。

　　因此，他们又到大成街早市去了。为了答谢新老顾客，把手头的货按最低价甩了。

就在要收摊准备回家的时候，一位六十多岁的老太太急匆匆地朝小芳夫妇赶来。小芳抬头一瞧，看到那个老太太右肩挎着背包，手腕上戴着一串佛珠。直觉告诉她，这个老太太一定是来退货的，就假装没看见，低头干自个儿的活儿。

不料，那个老太太走到小芳面前，气喘吁吁地说："闺女，对不住啊，俺终于找到你了。"

小芳听了，抬头对老太太说："大娘，您搞错了吧？我这几天没卖您纱料呀？"

老太太着急地说："是啊，你说得没错，俺这几天确实没买纱料。"

小芳疑惑地说："大娘，您还是明天早点儿来，我看您是找错卖主了吧。"

老太太再三解释，说："不！不，你误会了，俺是以前在你这儿买的纱料。那天人特别多，俺看中两块纱料，怕别人抢走，就把它们放进包里了，刚要给你钱，却碰见个老熟人，光顾着唠嗑，一打岔儿就忘了……"

老太太没等说完话，就急忙把挎包放在地摊上，从包里拽出了两块纱料抖开了——蓝底碎花的和粉底碎花的。

## ◎ 醉花

　　阿华、冬梅和燕子，都是我的发小。念大学时，我们在同一个城市。毕业后，除了阿华随同男友去了北京，我们仁都留在了哈尔滨。

　　这几年，虽然阿华不和我们常见面，但是彼此的心却依然贴得很近。

　　"6点半，'美食美客'见。"阿华回来了，她电话约我。

　　撂下电话，我高兴地去见阿华了。

　　单间包房里，我们姐妹四人又见了面。

　　"冬梅，点菜。"阿华说。

　　"四荤四素八个菜，外加一个甜汤，OK！"冬梅接过菜谱。

　　我们听了，都呵呵地笑了。

　　这时，一股茉莉花的馨香迎面袭来，原来是服务员端来了一壶热茶。

　　"几年不见，姐姐们变化不大嘛！"阿华接过茶壶。

　　"谁说的，我脂肪增加了。"冬梅笑道。

　　"还不得感谢你老公啊，把你养得白胖白胖的。"燕子说。

　　"我老公呀，整天就知道给我钱，不让我工作，只要给他足够的自由就行。"冬梅表面上似乎是挖苦老公，实则是晒自己的幸福呢。

　　"冬梅姐，姐夫要是有相好的，领回家，你不管吗？"燕子问。

"那可不行，这是原则问题，他在外面怎么花都行，就是不能领回家，我是正宫！"冬梅满脸的严肃。

她这样一说，把我们都逗笑了。

"你也不错嘛，你老公是处长，你是公务员。"冬梅看着燕子。

"我再不错也不如你呀，嫁了个大款。"燕子伶牙俐齿。

"阿华，谈谈你老公，听说在北京发大了？"冬梅乘机岔开话题。

"发什么呀，一年赚个十万八万的，仅够维持生活。"阿华将了将挡在额前的头发。

"你老公还在报社吧？"冬梅喝了一口茶。

"可不，他在 GH 报社呢。"阿华说。

"比我老公可强多了！他就是个暴发户。"冬梅说。

"不能这么说，工作分工不同而已。"燕子说。

"男人啊，干啥并不重要，关键得会疼老婆、爱家。"我说。

"那当然了，工作不论贵贱，最重要的是得对家庭负责任。"燕子说。

"还是娟姐精辟，不愧是写文字的。"阿华竖起了大拇指。

"娟姐，姐夫在学校高升了吧？"阿华问。

"没有，还是任课教师。"我说。

此时，服务员端来了菜，摆了一桌子。

阿华要了红酒。

红酒喝光了，阿华又要了一箱啤酒，我们互相碰杯，左一杯右一杯，碰来碰去，大家越喝越尽兴。

喝着喝着，我们几乎都有了醉意，说话也口吃起来。

"你……你们说说，男、男人是什么东西？"阿华问。

"我……我说不清。"冬梅说。

"我……我也不知道。"燕子摇摇头。

"姐……姐姐们，认识我的人都说我是世界上最幸福的女人，其实幸不幸福只有我自己最清楚。我老公是个……就是个伪君子，他吃着碗里的，惦记锅里的。你说，这……这样的男人是不是东西？"阿华有些激动。

"男人没一个好东西，爱着这个女人想着那个女人。我老公就是这种下三烂！"冬梅坦露心声。

"男人就不是个好东西，我老公身为处长，外面有三个女人。"燕子更是无所顾忌了。

听了她们对男人的评价，我的心里很不是滋味。男人到底怎么了？！

……

"嘀嘀"是阿华微信提示音：

她看到有人发朋友圈了，觉得有趣读了起来——

致闺蜜！谁都会有几个闺蜜，等姐几个老了，还、还得往一堆凑，喝点儿小酒、吹吹牛、聊点儿私密。

致闺蜜！她丑她穷，但她仍是我姐妹儿。你富你帅，动她，照样揍你。

致闺蜜！你要喝酒，不用灌，陪醉。你要病了，不用问，陪睡。

阿华读着读着眼里闪着泪花……

接下来，燕子提议说："阿华也不总回来，今晚我们都不要回家了，我请姐几个洗澡，然后按摩，也放松一下。"

我们听从了燕子的提议，从酒店出来去了一家洗浴城。

进了洗浴城，因为都有些醉了，也没有洗澡，换上浴衣便直接去了四个人的包房。不一会儿，燕子叫来四个按摩人员，为我们按摩。

刚按摩时，姐妹们说说笑笑。可没多大会儿工夫，就都沉沉地睡着了。第二天早晨醒来时，阳光已然照在了我们的脸上，看上去虽然不是那么十足的美丽，但个个脸上洋溢着舒心的笑容。

冲完澡，换上衣服，走出洗浴城的门口时，阿华突然问我们："昨天晚上在酒桌上，咱们都说些什么啦？你们谁还记得吗？"

大家互相看了看，最后异口同声地说："我们都不记得了。"

阿华听了，笑着说："是呀，我也不记得了。"

阿华说完，我们彼此会意地一笑，去对面那家粥铺吃早餐去了。

## ◎ 私房钱

　　雅云平时工作忙，没空干家务活。不过今天除外，雅云恰巧有空，而且干得不亦乐乎。不仅如此，她还翻箱倒柜，把不要的旧物撂在了阳台旮旯，准备卖给收破烂的。

　　干了大半天家务活，雅云总算松了一口气。她懒散地倚在沙发上，边看电视剧《温柔的谎言》，边享受自己的劳动成果。当她看到女主人公杨桃被老公欺骗，心里正为杨桃打抱不平时，忽然听见窗外收破烂女人的吆喝声。雅云急忙走到阳台，打开窗户招呼女人，女人问，你家是一楼哪个门？雅云指着单元门说，你拐进来左手门就是我家。女人按响了雅云家的门铃，把那些旧物收购了。卖完旧物，雅云继续享受清扫后的惬意和自豪……

　　第二天是端午节，雅云打算和老公一起去踏青，但因老公加班就和几个闺蜜去了。

　　雅云的老公叫张平，平时很疼老婆。但这回张平没陪老婆去，他想多拉点儿钱，因此天亮才回家。这天他睡醒后，准备顺路去邮局汇款，临走前打开衣柜找钱，可是怎么也找不到。心想，那一万块钱就放在那件旧军大衣兜里了，并且还把它塞在柜底旮旯了。难道钱丢了？还是被雅云发现了？

　　正当张平心急火燎的时候，雅云开门回来了。

　　张平稍微冷静了一下，问雅云："你把那件军大衣搁哪儿了？"

雅云一边洗脸一边说："你找它干吗呀？我卖给收破烂的了。"

张平"啊"地惊叫了一声，脸都变了色，再也没吱声。

雅云感觉不对劲，边擦脸边追着张平问："怎么了，大惊小怪的，难道那件军大衣里面藏着钱？！"她看见张平满脸的紧张，汗都沁了出来，就顺手把毛巾递给了张平。

张平怯怯地说，你怎么知道？雅云心头一震，抢过毛巾没好气地吼道，还真的啊，快说到底咋回事！？张平不知所措支支吾吾："这、这事不是你想象的那个样儿——"

张平坐立不安，满脸尴尬。雅云恨极了，用毛巾劈头盖脸地抽打张平，张平躲闪着，抓住了雅云的手。

雅云既气又恨，满腹的委屈，哭着说："你个没良心的东西，我和你过了大半辈子，省吃俭用的，好不容易把孩子拉扯大了，你可倒好，还背着我攒私房钱——养女人！？"

张平哀求着雅云："你听我说嘛——你还记得一年前的那个夜晚吗？我在教化广场附近拉活，途中遇到一场车祸，肇事司机逃逸了，我没停车怕被讹诈说不清楚，就从被轧的男人旁边溜走了。回家后，我只对你说了一点点。没想到第二天交通台就广播了这个消息，说那个男人因为延误救治结果导致死亡。"

雅云听了张平的述说，心里压着的那块石头渐渐地落地了。她擦了擦脸上的泪痕，凑到张平身旁，握着他的手，说："你说的这些都是真的？你为什么不早点儿告诉我？"张平惭愧地说："我心里很矛盾，非常自责，不知道自己做得对不对？"

雅云正要开口时，门铃"嘀嘀嘀"响了，雅云开开门，不禁大吃一惊——原来是那个收破烂的女人。

还没等雅云张口，女人先吱声了："大妹子，俺是来还钱的……"雅云听到"还钱"字眼，心里感到热乎乎的，不知道说啥才好。

女人顺手掏出钱递给雅云，雅云抽出几张百元大钞塞给女人，女人推脱说啥都不要。

张平站在一旁，看在眼里，心里莫名地感动着……

## ◎ 生命

每年樱桃红了的季节,我都会想起扎在心窝的那桩往事。

二十世纪七十年代末,我正在读小学。一天早晨,父母去村东大排地干活,我在家照顾不满三岁的弟弟铁蛋。我按照母亲的嘱咐蒸好鸡蛋羹,端到铁蛋跟前,一勺一勺地喂铁蛋吃,铁蛋吃完鸡蛋羹,小脸乐成一朵花。

这时,我同学刘美华到我家来玩。我和刘美华聊了一些班级里的事后,我就发现刘美华的一双眼睛,被我家院内小园子里的那两棵樱桃树给吸引住了。

现在,正是樱桃红了的季节,这两棵树上的大樱桃,个个丰盈饱满,鲜红欲滴。我明白了刘美华的意思,就说,美华,走,咱俩去园子里摘樱桃吃。刘美华乐颠颠地随我到了樱桃树下,乐呵呵地摘着樱桃吃。

这时,我忽略了我的弟弟铁蛋,因此发生了令我一生都无法释怀的悲惨事件。

当时铁蛋刚会爬还不会走呢,在我和美华摘樱桃吃时,铁蛋竟然从炕上爬到了窗台。夏天,窗户是开着的。这样,铁蛋从窗台上向前爬行的时候,双手抓空,大头冲下摔到地面上。而更为不幸的是,弟弟铁蛋的头落到地面的一瞬间,正好扎在了一块木板中竖立的一根钉子上。

阿兰

我和美华从园子里赶到窗台下时，见有血正从弟弟头上被扎的钉眼处向外渗着。

我紧张慌乱，竟没了主意，不知该怎么办，是美华找来了邻居。邻居到后，没敢把扎在弟弟头上的木板上的钉子拔出，说是怕有血蹿出来。

来不及去村东大排地找父母，弟弟铁蛋连同那块木板和那枚钉子，就被邻居们抱上四轮车载往县城了。

站在村口，望着四轮车在灰尘中远去，我心神不安。

我流着泪，转身跑去找父母。

到了大排地里，我把铁蛋的情况说了。父母赶紧放下手里的活，慌手慌脚地向村里跑。

等父母赶到县城医院时，弟弟铁蛋已经停止了呼吸。因为我的疏忽，弟弟铁蛋的生命，瞬间便像风一样消失了。

母亲抱着铁蛋，哭得肝肠寸断，昏了过去。我也哭得死去活来。

我知道，我永远不可能再喂铁蛋吃鸡蛋羹了，再也不能和他一起玩耍了。

处理完铁蛋的后事，父亲问起我铁蛋出事那天的前后经过，并说："不是让你在家照顾好弟弟吗？"

我就把刘美华那天想吃樱桃的想法告诉了父亲。

父亲听后说："你离开弟弟，去园子陪刘美华吃樱桃，而后你弟弟就出事了，对吧？"

我点点头。

我发现父亲眼里立即闪出一道光，那道光当时我并不能理解是什么含义，现在回忆起来，应该就是一道仇恨和凶狠的光。

可惜，我把这道光理解得太迟了。

几天后，刘美华被人掐死的尸体，出现在村东大排地里。父亲是凶手，他不隐藏躲避，主动投案自首。

民警问他作案动机时，父亲回答得很简单："我儿子铁蛋的死，

19

与刘美华有关，所以她要偿命。"

当时，我舅舅是我们那个乡的乡长，也不知他用了什么样的办法，竟然让刘美华家的父母不追究我父亲的刑事责任。

父亲被释放后，像变了个人，整天待在家里，沉默寡言。

不久的一天夜里，父亲用鼠药结束了自己的生命。识字不多的父亲，留下了只有一行字的遗书："自古杀人偿命，欠债还钱！"

我舅舅捶胸顿足说："早知这样，我何必卖了房子救你呀！"

父亲的死真是雪上加霜，母亲忧伤过度，患了精神病。好好的家就这样支离破碎了。

几年后，我也因为母亲的病，放弃了高考，把母亲带到县城，和亲属借了钱，租了门市房。我做着小生意，攒些钱就给母亲治病。

时光荏苒，一晃四十余载过去了，我也快成 60 岁的老人了，一直单身未嫁，陪着母亲。然而，尽管如此，我心里的结仍在。我从未给父亲上过坟，内心里怎么也不能原谅他。

清明或七月十五，无论怎么忙，我总要到刘美华的坟前，陪她聊聊天。

## ◎ 倔驴杨二

那年初秋，李萍到母校黑土小学代课。

这所学校，人不多，每个年级一个班，师生来齐，也不过百人。

有一天，李老师上课，挨个叫学生到讲台旁背诵课文《秋天》。

几个同学背过，轮到杨小红背诵时，她背了几句，就背不下去了。李老师纳闷，便顺着杨小红的目光，朝门外望去——呀，杨小红她爹杨二，咋气势汹汹地往教室赶呢！

原来，杨小红早晨起来，向她爹要 10 块钱，说自个儿弄坏了黑板擦，得赔个新的。她爹听了，不但没给钱，还把她好顿臭骂。这不，杨小红前脚去上学，她爹喝了小酒，后脚就跟了过来。

杨二踏进校门，径直往教室奔，直到瞧见自己的妮子，站在讲台旁，不由分说，冲李老师骂开了："妈的，你不睁开眼瞧瞧'老子'是谁，妮子碰坏黑板擦你还叫赔，一早来了，你她妈这是给俺妮子罚站呢？"

李老师被骂得丈二和尚摸不到头脑，怔在了那儿。

杨小红捂着脸不敢吭声，其他学生也吓得目瞪口呆。就在这时，给隔壁学生上思品课的刘校长闻声赶来。刘校长三步并做两步，上前拽住杨二的胳膊，连推带搡，斥责道："瞅瞅你喝点儿酒，像个什么样子啊，净给我丢人现眼，赶快给我滚回去……"

刘校长骂走杨二后，凑到李萍跟前，说："对不起呀，我这个妹夫没文化，喝点儿酒就犯浑，你千万别跟他一般见识……"

李老师听了，苦笑地点了点头，说："我没事了，都去上课吧！"

李萍转身走到杨小红跟前，轻轻地拍了她一下，说："别哭了，没你的事。"杨小红抽泣着："老师，都怪我爹……"李老师挥手，示意："回去吧，我们继续上课……"

午休后，杨小红回到家，正好她娘一人在屋。她就跟娘说了她爹来学校耍酒疯的事，还说李老师没叫赔黑板擦，是自个想赔，爹来学校时正巧碰见她站在讲台旁背课文，都怪爹……杨小红的话音未落，她爹赶了个一脚门里一脚门外。

杨二听了一句"都怪他……"倔脾气又上来了，嚷道："那个臭老师，是不是又找你碴儿了，你看我咋收拾她……"

话还没说完，杨二又要去学校。

小红娘急忙追了出去，大声说："冤家呀，给我站住，你误会李老师了！"

小红娘把妮子说的话给学了一遍，杨二听了，先是一惊，而后"咕咚"一屁股坐在了门槛子上，"啪啪"擂自个儿的脑门，惭愧地低下了头，嘟囔道："哎呀，这事儿整的，我这不是冤枉人家李老师了吗！"

小红娘责怪道："啥事不问个青红皂白……"

杨二边拍了下脑门儿，边跺着脚说："我好糊涂啊，你瞧这事给弄的，这叫啥事吗！"

小红娘瞪了一眼杨二："这好办，你亲自去趟学校吧，给李老师赔礼道歉！"

杨二难为情地说："我、我不去。"

小红娘坚持说："不行，你得去，否则太对不起李老师了。"

杨二吭哧道："这、这怎么好啊，我、我没法去。"

小红娘又瞪了一眼杨二："我这辈子算是瞎了眼，嫁给了你这个能请神不能送神的家伙！"

杨二沉思了片刻，硬着头皮出去了，没走几步，又折回来，对小红娘说："这理不在我，我也认。让我赔礼道歉，抹不开这脸。"

没办法，小红娘犟不过杨二，只好自个儿去学校给李老师赔礼去了。

等小红娘从学校回来，推开屋门，大惊失色：倔驴杨二用一根绳子，把自己吊在房梁上，已经身亡。

## ◎ 花音

周六上午，我去太平洋商厦，想买件外套。

走到商场三楼女士服装区，转了大半圈，就要离开时，看见了一件米色风衣，禁不住眼前一亮。我走上前，售货员向我介绍了这款风衣的销售情况，随后又找了件中码的让我试穿一下。

这当口，手机响了，我接听电话。对方是花店的快递员，说他手里有我一束鲜花。我诧异地问，是不是打错电话了，怎么会有我的鲜花呢？听我这么一说，他给我念了一遍收件人的通联。我确认没错后，把商场的地址告诉了他。

撂下手机，我试穿风衣，穿上后照着镜子，左看右看，不论款式还是质感，都挺适合我的，就高兴地买下了。

离开三楼，我又想起了鲜花之事，是谁送的鲜花呢？老公？不可能，他是个粗人；女儿？也不可能，她最近忙写毕业论文，不会有这闲心思；同事？也不可能；学生？更不可能。

想了又想，也没想出一个所以然来，索性不去想了。这时，电话又响了，是快递员到了停车场，叫我找车牌尾号43的车。

到了停车场，快递员见我走来，礼貌地下了车，问："你好，是吴小媚女士吧？"

我说："你好，辛苦了，我是吴小媚。"

快递员递给我一张单子和一支笔，让我签收。我签收后把单子交给了他。

快递员转身打开车门,从后车座上,捧出一束包装精美的康乃馨,递给了我。

我接过康乃馨,说:"谢谢您!"

我和快递员就此告别,他开车走了。

我抱着康乃馨,闻着花香,人却怔住了。

我伸手摸了摸康乃馨的外包装,又低头闻了闻花香,忽然,在花丛间发现了一张卡片。上面写道:亲爱的妈妈,过几天就是您的生日了,提前祝您生日快乐!落款是您的小丫。后面括弧内还有一行字:尽管我不是您的亲闺女,但自打您资助我上大学的那一天起,我就从心里这样称呼您了。

看完卡片,往事历历在目,都过去五六年了,这孩子还记着我的生日,真是个有心的好孩子!

我掏出手机,打上一行字:康乃馨很美很香,你的心意更美更香!然后找到了收件人王小丫,按下了短信发送键。

## ◎ 背影

二〇一二年初冬，我乘火车回老家探亲。两个小时后，我带着"常回家看看"的喜悦下了车。

随后，直奔阳光小区走去。

阳光小区坐落于火车站东侧，对面是省重点高中，中间隔着一条宽敞的马路。小区离火车站不远，步行十几分钟就到了。可能是因为校区房的缘故，小区居民多半是陪读家长，所以小区的物业管理相对规范。每个单元门口都摆放着垃圾桶，形状貌似水桶，颜色有红有蓝。

走过小区门口，往右走了两栋楼，绕过几个单元门，我又看见了那个奇怪的身影。他身着旧羽绒服弓着腰，攥着个大塑料袋，拿着个木棍，正在垃圾桶里扒拉着。

随着身影的晃动，塑料袋渐渐地鼓了起来。

这当口，耳畔响起了熟悉的声音："二姐——"

我回头一看，弟妹向我走来了，我问："咋没上班呢？"

弟妹说："家来客人了，我串休——"

我们说笑着往家走去。

走着时，我又想起了那个身影，就情不自禁地回头看。弟妹拉着我的手，疑惑地问："二姐，你回头看什么啊？"

我说："那个捡破烂的老头儿，好像上个月我回来时也看见过他，但看到的都是背影。"

弟妹说："他是实验中学退休老师，捡废品都十多年了。"

我有些不解地问："他有退休金，为啥还出来捡废品呢？"

弟妹说："是很奇怪。不过有人说他捡废品，整天在外面折腾，倒把自己身体给折腾好多了呢。原来腿脚不太利索，现在跟正常人一样了。"

我又问："那他家人同意他捡废品吗？"

弟妹说："刚开始家人死活不让他捡，全家人轮班监督，后来怕他总窝在家里闷出病来。"

我听了，仍疑云未散，只好随弟妹进屋了。

暑假期间，亲戚家给孩子办升学宴，邀请我和弟妹去喝酒。酒席结束，我们返回阳光小区。再次路过那个垃圾桶时，不经意间我又想起了那个背影。我问弟妹："咋没见那个捡废品的老头儿呢？"

弟妹说："你可能不知道吧，他前几天去世了！"

我心里一震："去世了？不是说啥病都没了吗？"

弟妹说："那是表面现象，其实他是肺癌患者，自己早就知道。"

我又是一惊。

弟妹说："他把捡废品的钱都攒起来，自己不花一分，都资助给贫困大学生了！"

我问："你咋知道呢？"

弟妹说："他儿媳和我是同事。老头儿去世后，在他遗物里发现了一沓汇款单……"

我听了，没再吱声，但灵魂深处却上了一课。我转过身，仿佛那个背影又出现了。

## 幸福爱

---

　　她刚要起身离开，意料不到的事情发生了。传说的老李头不知从哪里赶了过来。老李头是这个小区的居民，早就退休了，人不太正常，脑子有病。他家不算困难，基本上要啥有啥，但他却偏偏爱上了拾荒。在他眼里，谁都没废品好，他跟塑料瓶子最亲。家里人谁劝都不好使，非得到处拾荒不可。

## ◎ 幸福爱

五年前，小囡过生日时，无意中知道了自己的身世，原来她是王奶奶捡来的。

王奶奶膝下无子，老伴又去世得早。对于王奶奶而言，能捡到小囡是上天赐给她的福气。王奶奶总是这么想，心里美滋滋的。

不过这几天，小囡有点儿反常，不大听王奶奶的话，还惹她生气。

这不，小囡写完作业，收拾好屋子，告诉王奶奶，想找小玲玩去。

其实，小囡没去玩，而是学着王奶奶捡塑料瓶子了。不同的是，王奶奶白天去，小囡擦黑去。

小囡背着王奶奶，把捡回的塑料瓶子，放到家里不容易看见的地方，积攒多了便拿走卖掉。这样做好几回了，王奶奶都不知道。

今天不一样了。王奶奶找一件旧毛衣，准备拿出来晒晒，可是翻箱倒柜没找到，后来在小囡床底下的纸壳箱里翻到的。巧的是在箱子后面藏着一个大塑料袋子，里面有空塑料瓶子。王奶奶有点儿糊涂了，思来想去，自己捡回的塑料瓶没往这里放啊。

王奶奶猜到可能是小囡捡的。她心里不是个滋味，觉得小囡这孩子命太苦了，生下来就被狠心的父母遗弃了，要不是自己拾荒碰上捡回家，说不定早就没命了呢。

王奶奶自己吃苦受累不算什么，但不能让小囡跟着她受委屈啊！放学后，王奶奶把小囡叫到身边，问："你是不是去捡塑料瓶子了？"

小囡看了一眼王奶奶，然后低着头没吱声。

"奶奶白天没啥事，能走能撂的，捡些废品卖钱添补家用就够了；你是个不满十岁的孩子，只要好好念书就行了。"

"嗯，奶奶，我知道了，以后一定好好念书，不捡塑料瓶子了。"

小囡看到奶奶有点儿不高兴，就撒娇地扑到奶奶怀里了。她嘴上说不捡塑料瓶子了，可是心里还是惦记着。

傍晚，小囡背着王奶奶，拿着个大塑料袋又出去捡了。

走出小区门口，拐到另一个小区，绕过几栋楼，发现一个单元门口堆了好几个垃圾袋，里面露着不少塑料瓶子呢。

小囡蹲在垃圾旁，解开垃圾袋扒拉，然后把塑料瓶子收起来，再把垃圾袋系好放回原地。

她刚要起身离开，意料不到的事情发生了，传说的老李头不知从哪里赶了过来。老李头是这个小区的居民，早就退休了，人不太正常，脑子有病。他家不算困难，基本上要啥有啥，但他却偏偏爱上了拾荒。在他眼里，谁都没废品好，他跟塑料瓶子最亲。家里人谁劝都不好使，非得到处拾荒不可。

老李头看见小囡捡塑料瓶子，气一下就上来了，好像抢了他的金元宝似的。不由分说，三步并作两步走到小囡跟前，不管不顾朝着小囡脸上就是一巴掌，还骂道："小东西，敢抢我的东西，还不快给我滚蛋！"

小囡挨了个大嘴巴，脸上火辣辣地疼，吓得她抬头一看，竟是老李头！她忍住疼痛，没敢哭出声，因为她知道老李头有老年痴呆，精神不正常，就赶紧往家奔了！

回家后，小囡把塑料瓶子藏了起来，又清洗了脸和手。即使这样，奶奶还是发现小囡不对劲了。

"脸咋了？是不是跟谁打架了？"奶奶问。

"我、我没跟谁打架呀；对了，我的脸是我……我跟小玲玩捉迷藏不小心碰门框上了。"小囡吞吞吐吐地说。

"疼吗？"奶奶又问。

"不疼，一点儿都不疼。"小囡凑到奶奶身边，亲密地亲了亲奶奶的脸颊。

翌日，小囡把塑料瓶子全部卖掉了，去学校旁边的超市挑了一个最满意的头饰买下了。

小囡背着书包乐颠颠地跑回家，没等走到奶奶跟前，就喊奶奶闭上眼睛。小囡拿出金灿灿的凤凰形发卡，戴在了奶奶的头发上。

"奶奶，生日快乐！"小囡兴奋地说。

奶奶这才恍然大悟，原来小囡背着自己捡塑料瓶子，全是为了自己的生日啊！

奶奶什么话都没说，一下子把小囡搂在了自己的怀里，眼角湿润了……

## ◎ 我们需要这样的爱

刘大妈有一个儿子，名字叫刘勇，他是一名外科医生。

一天晚上，他在外面应酬后往家走，路过铁道口时听见道旁树林里有女孩喊救命的声音。

刘勇循声跑到跟前，看见两个矮个小子正对一名女孩撕扯着，便厉声喝道："放开她！"

这时，其中一个小子丢下女孩就跑了；另一个没跑，他还从腰间抽出一把尖刀直奔刘勇而去。女孩得救了，刘勇却牺牲了。

刘大妈失去儿子后，终日以泪洗面，十分痛苦。

被救女孩叫李琼，是一名幼师，家住铁道口东。

半年后，李琼从痛苦中走了出来，她决定去刘勇家探望刘大妈。

刘大妈家住铁道口北。李琼买了些礼物，找到了刘大妈家。

李琼从刘大妈家回来后，在网上又买了电视机、洗衣机、冰箱等，还有一些吃穿用的物品，都快递寄到了刘大妈家。

刘大妈和大叔签收这些物品后，心里百感交集。

从此，李琼成了刘大妈家的常客。李琼时不常领刘大妈去澡堂洗澡，还把她家里的脏衣服都给洗了，包括刘大妈的裤衩。

刘大妈看到李琼给自己洗裤衩，心里热呼呼的，便走到李琼身边拉着她的手，说："孩子，难为你了，你为大妈做了这么多，你就是我的亲闺女啊！"

　　李琼听了，心里非常温暖，她把脸贴在刘大妈肩膀上说："娘，以后我就是你的亲闺女！"

　　中秋节当天，刘大妈正在包饺子，忽然手机响了，她放下捏好的饺子，摁了接听键听了几分钟，心突然"扑腾扑腾"直跳，电话里的声音太像儿子了！

　　恍惚间，刘大妈听傻了，仿佛看见自己的儿子了，就不由自主地说："勇啊，娘太想你了！你能叫我一声娘吗？"

　　电话里的声音迟疑了片刻后，说："听我说……我……我是……"

　　刘大妈说："你先别说……听我说，以后你能多给我打几个电话吗？"

　　对方停顿了一下，说："行。"

　　第三天，电话里的"儿子"真的打来电话。

　　刘大妈别提多高兴了，对着话筒说："勇啊，外面凉，你穿厚点儿，别感冒了？"

　　电话里的"儿子"听了，说："娘，我穿得厚，放心吧。"

　　刘大妈笑了，说："儿子，真乖。"

　　电话里的"儿子"说："娘，我……我想……"

　　刘大妈说："儿子，别说想了！听我说，你吃饭了吗？你胃不好，记得按时吃饭？"

　　电话里的"儿子"说："娘，我记住了。"就没再说别的，把电话撂了。之后，没再打电话。

　　一周没有"儿子"的电话了。刘大妈有点儿坐不住了，就反复给电话里的"儿子"打电话，但始终打不通。

　　刘大妈问老伴："老头子，儿子的电话咋打不通呢？"

　　老伴说："傻老婆子，儿子的电话不用了，谁都打不通。"

　　刘大妈瞪了老伴一眼，大声说："你瞎说，儿子前几天还给我打过电话呢。"

　　老伴说："老婆子，儿子走了都四年了，你就接受现实吧！"

刘大妈不信儿子走了，就又给电话里的"儿子"打电话。这回通了，她把手机放到老伴耳畔，说："你听，你听听，电话没停机吧。"

老伴听了，是通了，但无人接听。

后来，刘大叔找到了电话里的"儿子"，并见到了他本人。

其实，他叫杨洋，正在警校读书。

刘大叔约见了杨洋，本意是想向他道歉的。没想到杨洋却说，那天他打错电话了，本来是跟刘大妈解释道歉的，但刘大妈电话里不容他解释……

刘大叔说："应该道歉的人是我，我老伴得了老年痴呆，把你当成死去的儿子了！"

杨洋说："没关系的。老伯，我还能为你们做点儿什么吗？"

刘大叔说："你还能经常给我老伴打电话吗？我不能让你白搭工夫，我可以付费……"

杨洋说："我愿意给刘大妈打电话，愿意叫她一声'娘'。不过，我不会要一分钱的。我从小就没了娘，我想认刘大妈为干娘。"

刘大叔高兴地连忙点头。

后来，杨洋和李琼都把刘大妈当作了自己的亲娘，刘大妈在两个孩子亲情的呵护中病情逐渐有了好转。

一年后，杨洋和李琼成了恋人。

## ◎ 苦涩

老公和同事一起去大连游玩了，这是校长临近高考时承诺高三教师的。

作为老婆的我，体谅老公工作的辛苦。一年下来，就这么几天能放松放松。

不巧的是，我的肩周炎又犯病了。以前犯病时，不用去医院，老公给我按摩按摩，"丝丝"的疼就会逐渐好转。现在，老公不在家，感觉这种疼越来越厉害。无奈之下，我去医院拍了片子。医生用手敲了敲片子，看了看说不碍事。听医生这么一说，我还真感觉好点儿了。

走出医院大门口，听见肚子"咕噜咕噜"地响，这才想起早餐还没吃呢，就在附近找了一家叫乐乐麻辣烫的门市店，进屋吃午餐去了。

这家店生意不赖，满屋子二十多桌没几个闲座。我来到前台选菜柜台，拿了个空盆和选菜夹，选好自己爱吃的食材，排队量秤，拿着小票找到一个空位落座。

我掏出了手机，一边浏览，一边等候叫号。

十分钟后，耳畔忽然传来"嘿嘿嘿"的傻笑声，我抬头寻去，原来是一个光着膀子裤腰露着裤衩边脚跐拉着脏拖鞋的男子发出的声音。他的到来，吸引了几乎所有食客的目光。但看得出，光膀子男子毫不介意，只是"嘿嘿嘿"地笑。这种笑像孩子一样，不掺杂丝毫的沧桑，也无丁点儿的忧伤，确切地说是"天真"。倘若他脸颊上的灰尘洗掉，再倒回几年，他那张脸酷似韩国明星宋承宪。

光膀子自顾自地往前走，时不时地瞅瞅这个，又瞅瞅那个。眼光单纯且友善，但碰见谁的眼神，谁都是一愣，继而又立马躲开了。

他走到了选菜架前，依旧是那样笑着瞅着身边拿夹子夹菜的吃客。其中一个扎辫子的女孩，看了他一眼扔下夹子就逃了，其余几人也溜了。

他全不介意，转了一圈儿，来到吧台边望了望，又往右走了几步，把手朝自己的裤子上蹭了蹭，随后抓起一个夹子和铁盆，直奔选菜架。他不大挑拣，很快就夹了一大盆，然后往吧台走去。他没排队，直接奔秤去了，称毕，又傻笑着瞅着排队的吃客，随后扭头盯住了收银员。

我想，八成光膀子没钱。

收银员抬起头，对光膀子说，28块钱。光膀子的笑声没了，愣怔地瞅着收银员。一会儿，又傻笑了，他把两只手插进裤兜，手不断地在裤兜里抠着，半天也没抠出分毫。

这时，从后厨走出来的老板娘，向收银员招了招手。

"还是和上次那样，他的钱我付了。"

"好！"收银员向老板娘点了点头。

老板娘又拿出一件衣服，给光膀子穿上了。他冲老板娘"嘿嘿嘿"地傻笑着，稍后开始吃麻辣烫。

我也吃着麻辣烫，心想：光膀子看起来不到30岁，年轻力壮，但他……我心里有些苦涩！

回家后，老公也回来了。我把遇见光膀子的事跟老公说了，还拿出手机，把随拍光膀子吃麻辣烫的几张照片给老公看了。

老公惊诧地指着光膀子，说："这不是我以前教过的学生吗？"

我听老公这么一提示，好像以前听他说过："啊？就是那个……"

老公感慨道："对！就是那个我们班考上重点大学的学生，但没毕业就生病了！"

我不敢相信，语无伦次："这……这是咋回事呀？"

老公无奈地摇了摇头："他的父母为了他，卖了房卖了地，拼命赚钱供他念书。没想到他却因为失恋了……"

哎，我的左肩又疼了起来，仿佛更加严重了！

## ◎ 慧姐

我是实习期间认识慧姐的。说起这事，有十几年了。当时我被分到一所镇中学实习，慧姐也在这所学校上班。

校长安排我教初中英语。我上了几节课后，发现这里的学生普遍英语底子薄，就有意地给学生多留一些作业。

没想到过了几周后，校长找到我，说："有不少家长反映你留作业多，学生写不完其他的作业。"

姜天就是去校长那里反映的家长之一。他是姜大海的父亲，也就是慧姐的丈夫。

姜天凡事爱出风头，慧姐管不了，他在这个镇属于"地头蛇"那种人。

慧姐是个大美人，见过她的人都这么说。她之所以能在这所学校当小学民办教师，是姜天找他当教育局副局长的姨夫安排的。

那天下班前，慧姐怕姜天找校长我有想法，特意找到了我，非得请我到她家吃饭，我推托不掉就答应了。

于我而言，刚入社会，又身在异乡，除了工作热情我没有端架的资本。

慧姐做好四菜一汤，又拿来几瓶啤酒，说："今晚就咱俩，孩子跟他爸去奶奶家了。"慧姐把我拉到炕边，帮我脱掉鞋子。我盘腿坐在桌旁，像回家一样。

一瓶啤酒下肚，我有点儿晕，话也多了起来。

慧姐酒酣之际，又打开一瓶给我倒满，说："娟妹，我特别羡慕你的能力，假如时光能倒流，我也上大学！那样，我的命运就会重写！"

我说："慧姐，过奖了。"慧姐说："不，是真话。不过，现在我只能指望儿子了！"

我一杯酒喝下，晕乎乎地说："你儿子聪明，没问题，放心吧。"

我和慧姐越喝越尽兴，越聊越投机，彼此的心贴得近了。

这次饭后，慧姐和我成了无话不说的好朋友了。

我不负众望，更新教法，寓教于乐。果然这个办法奏效。慧姐的儿子姜大海不再讨厌英语了，还说要考外国语大学呢。

姜天对我刮目相看了。

慧姐对我更是好上加好。谈起丈夫姜天，她把掏心窝的话都讲给我听。

慧姐告诉我，她本来是有心上人的。她和本镇的一个男士相好多年，但他有家，除了婚姻他什么都能给她。而认识姜天后，她的世界塌了！

姜天知道她有心上人，但还是一眼相中了慧姐，所以软磨硬泡，最后如愿以偿。

我说："这样挺好。"慧姐说："有时候是挺好，但他驴脾气上来了就成了另外一个人，把我往死里打！"

我说："这都啥年代了，这不是家庭暴力吗？"慧姐说："这就是命呗！"

慧姐凑到我跟前，拉着我的手，示意帮她掀开内衣给我看她身上的旧伤。我看到慧姐后背上一道道疤痕。

我一时不知说啥是好。

慧姐看出了我的心思，话题一转，说："为了儿子，忍着吧。或许儿子大了，一切都会好起来的。"

很快，半年的实习结束，我离开了这所学校。

我被分配到省城的一所中学任教。

这期间，慧姐每年都要来省城几次看我，还给我带来不少家乡的特产。慧姐总是和我说，我就是理想中的她自己。说得我心里热乎乎的。临走时，我给她带回几斤红肠和大列巴。相聚的时刻，我们都非常开心。

不久，国家教委下来文件，全国范围内取消民办教师。慧姐本身初中肄业，考试没转正，下岗了。

屋漏偏逢连夜雨，慧姐下岗后，姜天得了半身不遂。

不过，令慧姐欣慰的是，她儿子姜大海高考喜得硕果，考上了一所重点大学。

慧姐原本是想等到儿子考上大学后和姜天离婚，没料到命运又一次和她开了个玩笑，姜天患了重病。这个时候离开，慧姐做不到。慧姐大哭了一场后，选择继续过下去。

为了维持生活，还要供儿子念大学的费用，慧姐开始四处打工。下班回家，还得侍奉卧病在床的丈夫。

后来，慧姐给镇上各小卖店送货。因为她大姐在省城一商场批发小食品，给慧姐的都是进货价。慧姐每周都要在省城与小镇之间往返几次，大包小包地扛着到各食杂店送货。送完货回到家，就给姜天做饭、擦洗身子。姜天看到慧姐每天这么辛苦，脾气消了不少。

慧姐送货积存了一些钱后，就在镇中心临街租了一处店铺，开了家"慧姐饭庄"。

听说饭庄的生意挺火。其间，为了饭庄的生意，慧姐结识了许多各路朋友，有时还经常陪他们喝酒，经常喝醉。

我劝慧姐："别干这个饭庄了，太辛苦啦。钱无止数，挣多少算多呀？"慧姐说："再辛苦两年就不干了，姜天那个身体，我得存点儿钱留着给我俩养老。"

有一次，慧姐到省城办事。办完事，我和慧姐在一家小饭馆碰面。

吃饭时，慧姐和我说："娟妹，你猜我现在的理想是什么？"我摇摇头，表示猜不到。

慧姐说："我现在最大的理想是，把自己变回小时候。"说完，慧姐扭过头去。等她转过头时，我看见慧姐的眼里含着泪水。

不久，我被学校安排去国外培训学习一年。回来后，当年我实习的那所学校的校长，邀请我过去给他们学校的学生上一堂励志课。

我如约而至。见了校长，我先向他打听慧姐的情况。校长略一顿，说："你还不知道呀？她死快一年了，由于她社会交往太复杂，警方破案有很大难度，现在案件仍在侦办中。"

听此噩耗，我险些晕了过去，回到省城家里好多天仍缓不过劲来。

十几年后，在我写这篇小说时，又想到了慧姐说过的她最大的理想：是把自己变回小时候。

想此，泪流满面。

◎ 赎罪

　　九十年代中期,我每次乘火车回老家探亲,总能碰见那个神秘女郎。

　　五月节前夕,我去火车站,又在门口瞧见了她,她戴着一顶带檐的白帽子,鼻梁上架着一副墨镜,身着一身黑衣裳,左肩挎着一个黑色布包,还时不时地看着手机屏幕。

　　我取好票,走到她身旁,想跟她搭话。她似乎很敏感,轻轻地推了推脸颊上的墨镜,随后挪动了脚步。

　　我杵在原地,愣了一会儿。

　　上车后,我找到了座位坐好。这时,对面的大爷和我聊了起来。他一脸的和气,精神爽朗,告诉我回拉林。

　　我们正聊得尽兴,忽然有一双手从我后面伸了过来,把我的眼睛蒙住了,我猜一定是蔡老师来了。

　　蔡老师曾是我的同事。我俩经常在这次车上相遇,也经常和那个神秘女郎在这次车上相遇。大爷看我俩挺熟,就通情达理地跟蔡老师调换了座位,然后去了别的车厢。

　　蔡老师落座后,笑着对我说:"又回老家呀?"

　　我甜甜地一笑:"嗯,看父母去!"

　　蔡老师放下背包,递给我一瓶橙汁,说:"今天看见那个神秘女郎了吗?"

　　我对蔡老师说:"嗯,看见了,刚刚她还从这节车厢走过去了呢。"

蔡老师说："最近，我听过'关于她'的不少传闻呢！"

我疑惑地问："是吗？"

蔡老师说："可不呗，她每天都乘这趟车，原来是去拜佛，然后晚上再坐这趟车返回，我通勤天天遇见她。"

我有些不懂，问："她为什么要天天拜呀？"

蔡老师说："是呀，我也不太懂。可能跟她老公有关系吧。听说她老公是当官的。"

我说："哦！真够可以的。"

蔡老师继续说："可她老公不守谱，外面女人可多了，后来栽到女人手里了。有一次，他陪情人上司喝酒，喝得酒酣时，突然得了脑血栓，成了植物人！"

我替神秘女郎捏了一把汗："啊？"

蔡老师望一眼车窗外，又回过头对我说："听别人说，她老公没得病前，逼她离婚！明明是自己出轨，却反而逼她承认是过错方，只要她违心答应，就给她二百万。神秘女郎不为钱动心！她老公就找碴儿动用暴力，把她捆起来打，打得遍体鳞伤，她宁死不屈。"

我说："啊，她真可怜！"

蔡老师又说："她老公得病后，那些情人全闪了。关键时刻，她心软没躲，满脑子想着他的好。她守着他，细微照顾，把他护理得白白胖胖。他不能进食时，每天需要输进口营养液，这种药价格不菲。有几次钱不凑手，她竟然去卖血了！"

我感觉不可思议。

蔡老师说："现在，寺庙香火可兴旺了。"

蔡老师说完，看了看表，站了起来，我知道蔡老师要下车了。

然而，我的思绪还在那个神秘女郎身上——想着她的婚姻，还有那不为人知的故事。

## ◎ 特别专辑

母亲节临近，电视台要做个特别专辑。现场就设在"向妈妈告白"的班会上。

班会是李萍同学主持的。为了保证专辑质量，摄制组决定提前彩排。同学们听说彩排不录制，情绪一下子就放松起来了。

第一个上台发言的是穿着一身干净红校服的穆婷婷，她高兴地说："大家好，我想借这个机会说说心里话，在我很小的时候爸妈就离异了，后来又各自组成了新家，我是奶奶养大的……"

摄制组的导演差点儿下意识地喊停，事后在剪辑时对于这样一个出乎意料的开场白，大家的意见始终是不统一。

但是穆婷婷没有意识到摄制组这边的小骚动，她继续激动地说："……我没少惹奶奶生气，现在我长大了，我想告诉您，请再等您大孙女几年，等我大学毕业了，我来养活您，让您好好地享享福！"

镜头立马推到穆婷婷奶奶脸部的大特写，效果还算好，这一老一小的，都是眼泪汪汪的……

第二个上台的是马尾辫上扎着个粉色蝴蝶结的王丽娜，一说话激动起来，那个蝴蝶结就像活的一样，在她头发上飞来飞去，她兴奋地说："我想和妈妈说几句话，妈，您说我还是您的女儿吗？前段时间，您做手术我都不知道，您瞒着我怕耽误我学习，但我是您的女儿呀！"

王丽娜妈妈嗫嚅些许，全场寂静……

摄制组更是感到尴尬，这和之前预想的完全不一样啊！

幸好这孩子后面还有话讲："妈，我不但没帮您分忧，还像小公主一样让您伺候着，要不是咱楼下的赵姨和我聊天时无意中说漏了嘴，我还被蒙在鼓里呢？妈，您的伤口还疼吗？以后家里的事，咱俩一起扛吧！……"

王丽娜妈妈在掌声中应了声："好，好！"摄制组总算是舒了一口气。

第三个上台的是脚蹬一双漂亮的小皮鞋，走起路来呱呱响，发起言来也是咚咚咚擂人心鼓的王丹丹："我也想对妈妈说说心里话，妈妈，我收到您的那封信了，但是，我还是不能原谅您那天借口工作不陪我过生日的事儿……"

这个、这个……连摄像的师傅都开始拿眼睛瞟导演了，看是否要先停止拍摄缓和一下场上的气氛，不然情绪一旦被带歪，后面的可就不好办了。问题是……导演好像早有预料一般，这会儿不知道跑哪儿去了，大家只好这样破罐子破摔了。

王丹丹继续说："其实，那封信我早就收到了，看第一个字就知道是您写的，那次我跟您大吵了一架，平心而论是我不对，我不该跟您顶嘴耍'小姐'脾气……"

唉，就知道不能心存幻想，摄制组已经有人开始预感这次节目可能要彻底砸锅。

"……那天正好是我的生日啊，是您把我带到这个世界上的日子，生我的时候爸爸说您当时还难产了，情况一度很危险，我希望您能在这一天陪着我过生日，就是想对您说一声'妈妈谢谢您'，但是……所以我就百般挑剔您为我准备的早餐，硬说不好吃没动一口，赌气摔门而出！妈妈，我太不懂事了，但是您为啥就是不能休息一天陪我过过生日呢，让我连一句谢谢的话都没机会好好说……"

好好！导演不知啥时候又回来了，悄声问摄像，都录下来了？

旁边的一个实习生小姑娘泪水汪汪，低低地应声："嗯。"

李萍继续请同学畅所欲言。

勇敢的王丽娜又站了起来，她凝视着妈妈，动情地说："妈，您爱我吗？"

"爱，你是我的女儿，当然爱你了。"

"妈，我没听清楚？"

"爱，爱，爱！"王丽娜妈妈说得一声比一声响亮。

教室里响起了雷鸣般的掌声。

摄像师环顾四周，把这一切都收入了镜头。

一个名叫张涛的男生拿着一朵大红花，献给了他的妈妈，激动地说："妈妈，您能拥抱我一次吗？"

张涛妈妈接过花，紧紧地拥抱着自己的儿子，时间好像在这一刻定格了。

张涛妈妈流泪了，张涛眼里也滚动着泪花。

……

"妈妈，难道您不爱我吗？"我想请妈妈回答。

听了女儿王丹丹的呼唤，王丹丹妈妈再也坐不住了，她站了起来，嘴里不断地重复："爱，爱，爱！"王丹丹在流泪，王丹丹妈妈也在流泪，旁边的人也在擦眼泪……

整个场面似乎要失控，摄像机都忙不过来了。

这当口，穆婷婷奶奶站了起来："孩子们，请让我老太婆说句话，今天我最开心的是看到孩子们都懂事了，这得感谢咱们的王老师……"

李萍示意大家：让我们用热烈的掌声，感谢王老师对我们的辛勤培育，请王老师讲话！

王老师走上讲台，眼角挂着泪痕，她用手指轻轻地抹了一下，高兴地说："今天这个班会开得好，我真的都不知该说什么了……"

导演示意摄像给特写。

王老师继续说："……我也想说说心里话，平时看似坚强的我其实也有脆弱的时候，带咱这个班我想过放弃，谁都知道高一·九班是个刺头班，校长之所以要我来管这样的班，还不是对我信任吗？但同学们是否想过，当你一个人犯错误惹父母生气时有两个人不高兴，可是你们五十个同学犯错误却只有我一个人操心！每当夜色朦胧，我踏入家门时，我的宝宝喊我一声"妈"的时候，我都没有力气答应了！我无数次地拷问自己，我是不是没有能力管好咱这个班，我是不是应该放弃？一年来，我自己不知偷偷地哭过多少回，我总算是全心全意地熬过来了，我把你们当成了我的孩子，无论是学习好的还是差的，我都没有放弃过今天看到你们说出自己藏在心底的这些话，我真是特别特别欣慰，往日的一切辛苦都值了，我选择咱这个班当班主任没有错！"

听到这儿大家都站起来鼓掌，教室里的气氛十分热烈。

连摄制组的成员也都似乎忘记了手头的工作，任由机器自己在那里把这一切默默地记下了。

此专辑最终未被播出，但已不重要了。

## ◎ 期盼的背影

　　小青特别喜欢春天，因为她的爱情就是在春天发芽的。

　　这事还得从晨练谈起，这不一大早小青又呼吸着清新的空气，穿梭在梨花雪染的广场上了。

　　小青家离广场不算远，走出小区西门，往右拐径直走，大约两站地就到了。这个广场不小，有半个乡村小学操场那么大。附近的居民都爱来这锻炼。

　　小青绕着广场随着晨练的人流，走了一圈又一圈。

　　一刻钟左右，来这锻炼的人多了起来。小青跟熟人打了打招呼继续晨练，她时而走时而跑还时不时地瞅瞅手表，走到六七圈时，也就是快要到上班的时候，心里还不断地想：他为什么还没来晨练啊，是不是病了？这种抓耳挠腮的感觉与日俱增。

　　小青多想变成天空里的一朵小雪花呀！那样就可以无拘无束地飞到他的屋檐上了，哪怕是落在门缝旁或窗台边停留一会儿，就一会儿，让他知道自个儿有多担心他！

　　就这样，小青一边想着一边走着，禁不住回忆起往事来了——

　　初春之时，有一天清晨小青出来溜达，路过这个广场，看到许多人晨练，就跑了过去。跑着跑着，忽然脚下"刺溜"一滑，身体失去了重心向后仰去，眼看就要"咕咚"一声，重重地摔倒在地。就在这千钧一发之际，突然有一个人影飞速赶到，立马托住了自己。

小青惊魂未定，喘了一大口气，感激地望了他一眼，轻轻地说："谢谢！"他微微一笑，说："广场上冰多，你要加小心呀！"

小青点了点头，仔细地看了他一眼，才发现他好帅！他向小青摆了摆手，说："回见。"然后便慢慢地向前走去。

从那刻开始，小青就莫名地喜欢上他了！因为就在那一瞬间，她似乎找到了渴望已久，又是那么神秘亲切的感觉。这种吸引像磁铁一样，让自己浑身都感到兴奋和美妙！

于是，小青每天都来这个广场，他也来了。彼此见了，打打招呼或问问好，都感到分外开心。

小青想着想着，心里美美的，又好像苦苦的，禁不住眼泪在眼眶里打转。

小青明白，自己打小就和妈妈相依为命，她心疼妈妈，知道妈妈抚养她不容易。自从幼师毕业至今，妈妈就给她张罗对象，并扬言男方家境不好免谈。她按照妈妈的安排相了一个又一个，这一年下来，总共相了二十多个，小青没看上一个。她心里很矛盾，可又不能不听妈妈的安排。

小青自打遇见了他，常常暗自思忖：婚姻大事，不能全听别人摆布，只能自己寻找，不再做"乖乖女"了。

时间飞逝，小青收回思绪，又看了看表，该回家了。

就在小青转身的那一瞬，她突然惊呆了——那个期盼的背影终于出现了。

小青抑制住内心的激动，慢慢地迎上前，望着他深情地说："你来了！"他点点头，微笑着说："我来了。"小青故作淡定地问："你咋了，为啥才来？"

他抬头看了看娇羞的小青，微笑道："我去上海了，换我的假肢——"

小青惊异地叫道："啥？你说啥？你去上海换假肢了？"他"嗯嗯"地点了点头，随后弯下腰，轻轻地撸起裤腿……

51

## ◎ 两封邮件——"拆"的断想

一

亲爱的狗子：

见字如面！你可知道，我一天念你多少次吗？你在部队还好吗？此次写邮件，依然是和你说说心里话。

先说个高兴的事吧，咱家要动迁了，老屋的墙面被涂了个大大的"拆"字，说不准哪天接了通知，就得找地方搬家。不过，你放心，我会安排妥当的。

另外，我还想说个事，非常抱歉……我实在……是难以启齿，因为我犯了一个错误——对你撒了弥天大谎。其实，咱爹瘫痪了一年后，得了脑出血，送到医院治疗，没抢救过来，已经过世了！当时，我悲痛万分，不知告诉你还是不告诉你，我被纠结和矛盾捆绑着。后来，我整理咱爹遗物的时候，发现了一张小纸条，铺开一看，上面赫然写道："儿媳，我死了，别告诉狗子，让他在部队安心工作！"所以……呜呜……

为此，我非常不安和歉疚，你能宽恕我的罪过吗？……

代我向军儿问好！

祝安！

妻（兰子）

二〇〇〇年四月二日

## 二

亲爱的兰子：

邮件和照片均收到。读了邮件，我知道了家里发生了一些事。咱爹走了，我哀痛欲绝，无法用语言表达。我做儿子的，没有尽一点儿孝心，真是于心有愧呀！你瞒我，是替我着想，真是难为你了。事已至此，我不怪你了，也谅解了你。

其实，该宽恕我的，应该是你！我不是狗子本人，确切地说，我是替狗子写邮件的张军。狗子早已在一次抓捕任务中"光荣"牺牲了。然而，他临终前，再三嘱咐我：别把他牺牲的消息通知给家里，他说老爷子身体一向欠佳，等好了再说出实情！所以……

你能理解和原谅我的罪过吗？

敬礼！

弟（军儿）

二〇〇〇年五月十二日

## ◎ 长大

我和张英杰是班里无人不晓的好朋友。

她是从山区来到我们工大附中借读的。

张英杰长得娇小，性格内向，不爱言语，见到生人就低头，尤其在课间，若没有特殊情况总坐在自己的位子上看书或做题。

班里的一些调皮蛋看她老实巴交，总拿她开"涮"。

我是个爱打抱不平的人，看不惯别人被欺负。

有一次，上英语课前，老师还没有进教室，趁这个工夫，坐在我后排的男生王一和李军小声私语："咱们逗逗那个新来的呗？瞧她架子够大的，来一个星期了愣没跟咱们说过一句话！"

"嗯，瞧我的吧！"

他俩挤眉弄眼，一拍即合，分别在桌上拿几张英文卷子，先后起身走到张英杰跟前，王一说："Excuse me，can you help me with some questions？"（打扰了，我能问你几个问题吗？）

张英杰抬起头缓缓地站起来，磕磕巴巴地说："I'm not good at speaking.I'm afraid you are disappointed!"（我口语不好，恐怕让你失望了。）话音未落，同学们都哄堂大笑，因为张英杰的英语说得没错，就是音调不准。我坐不住了，立马站起奔到他们跟前抢过卷子，"咔、咔"撕了扔在王一的身上，说："笑什么笑，欺负新生啊！上自习去！"。

从此，班里再也没有人敢欺负张英杰同学了。

我和张英杰自然心里贴得近了。我们在学习方面互相取长补短。比如，张英杰英语差，我帮她补英语。我物理差，张英杰帮我补物理。不久，我们成了知心好朋友。

课余时间，我们也爱逛商场、做运动和玩游戏。累了，一块儿休息；饿了，一起吃零食。

记得在我们相处快一年的时候，我和张英杰逛商场，我们都看好了一款旋转木马音乐盒，准备各买一个。但买完单后，张英杰发现她买的那个木马身上有一道微小的裂痕。

张英杰对我说："我非常注重完美，绝不容忍有半点儿瑕疵出现。"

我说："就这一款了，不碍事的！"张英杰没听我的，转身找售货员理论要求退货。看到张英杰和售货员争执得不可开交，我急忙把她拽走了。

然后我又走到售货员跟前，说："买卖都不易，不为难你了！我同学是农村人，凡事求真，请谅解。"

说完，我扭头拉着张英杰走了。

路上，张英杰一直板着脸没和我说一句话，我以为她要小性子，过一会儿就没事了，没想到从那儿以后，我和张英杰"掰"了！

我不服气，自认为没做错什么，何必跟她那么较真呢？等张英杰想开了会主动找我吧。

一天过去了，张英杰没理我；一周过去了，张英杰也没理我；一个月过去了，张英杰还是没理我。

我转班后，张英杰把我的 QQ 号、手机号全部拉黑了。

我心里非常难过，偷偷地哭过不知有多少回，学习一落千丈，中考成绩出来后，我没有考上重点高中，就念职高了。而张英杰恰恰相反，她考上了重点高中。

多年以后，在一次同学聚会上我见到了张英杰，她现在已经是某重点大学的教授了。

　　我和张英杰握手言欢。

　　我问张英杰："中考那年，咱们俩那么好，你为什么突然不理我了？"

　　张英杰说："因为你对售货员说'我是农村人'。"

　　我委屈地说不出来一个字，眼里噙着泪花。

　　张英杰眼里也噙着泪花，她走到我跟前紧紧地拥抱着我，说："应该说你是我的恩人，谢谢你无意中说的那句话，是那句话给了我奋斗的动力！

　　那次聚会，虽然我和张英杰互相留下了手机号码，但我们谁也没有联系过谁。

## ◎ 买皮靴

阳春三月的第二个周末，兰姐陪我逛街购物。没想到，这期间遇到个事，叫我喜忧参半。

兰姐是我的闺蜜，也是我的邻居。我俩除了工作或做家务外，有空就爱往一块凑合。

那天上午，我们吃过早饭，一起坐地铁到秋林商场附近逛街。

坐在地铁上，看着来往的旅客，说笑间半个小时就到了博物馆。

走出地铁口，右拐径直走五六分钟，路过一家名品折扣店。兰姐示意我，这家店不错，就进了屋。

店里顾客不是很多，但每个角落都有顾客流连。我们走到女式鞋区，各种皮鞋和皮靴，应有尽有，真是琳琅满目啊！

以前，逛商场走到鞋区，看中过几款皮靴，试穿后都不合适，故一拖再拖没买成。

如今，这么多皮靴，款式新，价格实惠，看得我心花怒放。

我先后到了三个柜台，试穿了五六次，不是穿着不合脚，就是腿肚子有点儿紧。我有些失望，怪自己太胖了。

这时，我一抬头，兰姐正向我招手，她指着一双靴子，叫我过去。

我急忙走了过去，一眼就相中了。售货员微笑着向我走来，介绍这款皮靴的销售情况，她建议我穿上试试，看合适与否再说。

我说了鞋号，她递给我一双新的。我穿上了，走了几步,感觉挺好。

又走了几步，觉得完美。

我暗自窃喜，这么合脚的高腰皮靴，只卖 784 元，折扣好大啊！我高兴地买下了，还办了 VIP 卡。我穿着新皮靴，扔掉了掌了又掌的旧鞋，欣喜地离开了折扣店。

我和兰姐去了国贸大厦，最后去了秋林商场，分别给家人买了几件应季衣服，就愉快地返回了。

到家后，累得我腿都快挪不动了，本想美美地歇一会儿。可是，没等我把靴子脱掉，意想不到的事情发生了。

我伸出左脚，拉开拉锁，把脚丫往上抬，脱掉靴子，只见袜子上露着两块红紫相间的油状物。

那些浸在袜子上的污渍，像鸡爪子走过的痕迹，别提多犯硌硬了。我往靴子里面伸手抠了抠，果真落在手指上一些污垢。

此时，室内的光线暗淡了些许，我不知所措，一下子倒在了沙发上。顿时，阳光般的好心情一股脑儿全散了……

无奈，我给兰姐打电话，说了靴子的闹心事。

我们返回名品折扣店，找到了售货员并说清了事情的原委，要求妥善处理。

不料，售货员接过靴子，满脸愠色："你看看，皮靴都穿过了，不好意思，不退不换。"

兰姐直言不讳："话不能这么说吧，如果靴子没啥毛病，谁又来讨这个麻烦啊？"

售货员蛮不讲理："不能换就是不能换，说多也没用。你说鞋里面有污垢，我卖时咋没看见，说不准是你自己给弄的？"

我气得脸色煞白，说不出任何恰当的词儿。

兰姐大声嚷道："不讲理，是不？我找你们店长去？"

售货员胸有成竹地冷笑："去吧，找去，快找去呀！告诉你吧，这个店是我家开的，我就是店长……"

我听了，觉得惹不起她，就拉了一下兰姐小声地嘟囔："咱走吧，哑巴亏我吃了！"

这时，"铃铃铃"手机一阵急响，把我从梦中惊醒，原来我躺在沙发上打盹儿了。

我赶紧找到手机，打开一看，有一个未接电话，还收到一条短信：

亲爱的亚娟用户，您好，非常抱歉，您买的皮靴是有毛病的，请速来本店调换。

我看了，赶紧打上几个字："收到了。非常感谢！"然后摁了回复键。

## 妈妈，再爱我一次吧

妈妈，再爱我一次吧 / 离婚前后 / 心安 / 美好 / 丢失 /
网事 / 日子 / 旧事 / 无言 / 颠倒

---

　　顷刻间，少女转身，不顾一切地往后台走了，直奔
妈妈扑去。她抓住妈妈的手，就像抓住了一棵最后的救命
稻草。妈妈的心啊，就像滚滚的江涛一样，但她告诫自己
千万不能心软。于是，妈妈的手使劲儿地挣脱，把她往台
上推去，不让她看出丝毫破绽。

## ◎ 妈妈，再爱我一次吧

刘大娘送走老伴后，感觉自己一下子就老了许多，身子骨大不如从前了。她左思右想，最后做出个决定：去省台"寻亲"节目组……

两个月后，刘大娘的夙愿终于实现了，她如约来到了节目组……

节目开始了，主持人仪表堂堂地走到一个身穿月白背心、梳着齐耳短发、皮肤白净、长着一双大眼睛的少女跟前，示意她自我介绍一下。

少女彬彬有礼地点了点头，说：大家好，我叫刘飞，今年14岁，是名初二的学生。

主持人抬头看一眼少女旁边那个女人——她挽着高雅髻，穿着蓝底紫花真丝连衣裙，神情略显忧郁。主持人问："你身旁的这个女人跟你是什么关系？"

少女生硬地回答说："我不知道。"

"你不知道，来这干吗？"

"我本来是不想来的，是我妈妈哭着逼我来的。"她说，"我的亲生妈妈要来认我，把我带回去。我是不可能回去的，因为我出生没几天，她竟不管我的死活，把我扔掉了！"

"你爸爸是什么时候走的？"

"去年开春的时候。爸爸得了脑瘤，发现时已经是晚期了。家中无法负担他的医药费，只能是这么挺着……"

"你的学费是从哪来的？"

"是爸妈赚的，从我记事起，爸爸就高位截肢，仅有一条腿，但是他总是早出晚归的，给别人打零工……"

"你妈妈平时都干些什么活？"

"妈妈除了在家种地，还给别人干些杂活。"

"爸妈对你好吗？"

"他们对我很好。有什么好吃好喝的，都先可着我。即使家里断顿了，没什么可吃的，我也从来没饿着过。"

"他们平常都是怎么教育你的？"

"要我好好学习，将来考上大学。"

"爸爸临走时跟你说了些什么？"

"他让我听妈妈的话，坚持念书。"

"你是怎么知道你不是妈妈亲生的？"

"我四岁的时候，偶然听到妈妈和八婶说我是从垃圾堆旁边捡来的。后来，全村人都知道了。"

"今天妈妈来了吗？"

"来了，她就在后台。"

打开第二现场，屏幕上出现了一位头发花白、眼角皱纹细密、穿着一件半新半旧的花布衫的老人，她就是刘大娘。

"你好，刘大姐。"

"妈妈耳朵不太好。"

"那你帮我问一下妈妈，今天为啥带你到这来？"

少女点了点头，贴近妈妈的耳边说："妈妈，您今天因为什么带我来？"

"宝贝，今天带你来，就是让你到亲生妈妈家去。"

"妈妈，您不要我了吗？"

"宝贝，不是妈妈不要你，是因为我年纪大了，身体又不大好，你跟着我过日子遭罪啊。"

"妈妈，我哪儿都不去，我一辈子只有您一个妈妈——只认您一个。"

"宝贝，听妈妈话，我不是不要你，是我没有能力给你更好的生活啊，你还是到亲生妈妈家里去过好日子吧！"

"妈妈，我不，我不去，我哪儿都不去！"

顷刻间，少女转身，不顾一切地往后台走了，直奔妈妈扑去。她抓住妈妈的手，就像抓住了一棵最后的救命稻草。妈妈的心啊，就像滚滚的江涛一样，但她告诫自己千万不能心软。于是，妈妈的手使劲儿地挣脱，把她往台上推去，不让她看出丝毫破绽。

"妈妈，我不去！妈妈……呜呜……妈妈……"

不一会儿，中年女人追了过来，拉着少女，但她不让中年女人碰，一直推搡她。中年女人哭着，喃喃道："原谅我当年的过错吧，我……我……我也是受害者啊！我恳求你……恳求你……"

几分钟后，节目组的大门无情地把妈妈隔在了外面。妈妈抱着头，禁不住大哭……

少女和中年女人回到了台上。

主持人走到少女身边，抚摸着她的肩膀，问："你理解妈妈的良苦用心吗？"

少女抹了抹眼泪，说："理解，妈妈是不想让我跟着她受苦。"

"你认为的幸福和苦是什么？"

"幸福就是和妈妈在一起。"

"跟妈妈在一起，即使是苦，也是幸福。"

"嗯。"

"跟不爱自己的人在一起，看着幸福，其实也是苦？"

"对。"主持人"嗯"了一声，随后示意中年女人，"你和失散多年的女儿有什么话就说说吧？"

中年女人抬起头，擦了擦哭得红肿的眼睛，凑到少女眼前，说："孩子，回到我身边来吧，恳求你给我一个爱你的机会吧！我知道当年是我一时糊涂做错事了，你就给我一次赎罪的机会吧！”

少女噘着嘴，眼光冷冷的，故意不看中年女人。她站成雕塑，似乎只有沉默才是最好的语言……

下了节目，少女没有拧过妈妈，她违心地听从了妈妈的安排。

……

一年后，少女长大了许多。她心里不大怨恨亲生母亲了；同时，学习也更加刻苦了。中考后，她终于拿到了省重点中学的录取通知书。她要把这个好消息亲自告诉妈妈！

然而事与愿违，她到家后，等待她的却是晴天霹雳。

后来，八婶告诉少女：“你妈妈早就知道自己得了胃癌，医生说她活不过半年，所以才……”

少女听了，热泪奔涌……

## ◎ 离婚前后

张顺利脾气倔认死理，是出了名的。老婆吴春花因为他这秉性，没少跟他吵架。久而久之，忍无可忍，便和他办了离婚手续，带着五岁的女儿远嫁了。

张顺利不怪吴春花，只要她高兴，就随她去吧。离婚后，他时常想起往事，禁不住百感交集。然而，感喟后心想：走自己的路，各自安好吧。

如此而已，二十多年过去了。他没再娶妻生子，日子过得倒也不亦乐乎。

有一天，他正忙着批发毛毯，突然腹痛难忍，总是一趟趟地去厕所。他想，一定是吃了不干净的东西，坏肚子了。可是，一周过去了，不但没好，还便血了。到医院检查后，没料到自己得了绝症。他蒙了！心想：自己死了，不要紧，可是家里收养的那八个孩子，该怎么办呢？

大妞就要高考了；大宝和二宝刚上初中；那五个妞也在上学呀！

两个月后，大妞翻柜子找户口准备报考，偶然发现了爸爸的诊断书。她看后哭了……

孩子们都知道爸爸生病了，一下子感觉天塌下来了！不知所措，哭哭啼啼，想不出办法来。最后商量决定，去省台"告白"节目组，给爸爸告白："我们辍学去挣钱救爸爸！"

……

节目开始了，主持人周冰来到孩子们身边，说："你们选出一个代表，然后站到另一边，准备开启告白之门。等到爸爸来了之后，我们来问问他的身体情况？"

孩子们你瞅我，我瞅你，最后大妞站了出来。

周冰问大妞："你觉得，爸爸能来吗？"

大妞说："能来，因为爸爸非常爱我们。"

周冰说："你爸爸是条硬汉子，当年老婆孩子走了，都没改变他的一些想法，所以你得有个心理准备。如果不来，你们怎么办？或者来了，不接受你们的告白，你们怎么办？"

大妞说："爸爸一定会来的。如果爸爸不接受，我们会努力让他接受的，因为我们长大了，都能挣钱了！"

周冰点了点头，然后示意倒数五个数……

不一会儿，节目组大门缓缓地打开了，一位身穿白色衬衫、灰色裤子、黑布鞋、梳着平头、两鬓斑白、目光炯炯、略显憔悴的矮个老头儿，迈着沉重的脚步，徐徐从后台走来，他就是周家镇有名的"张百万"。

大妞一转身，看见爸爸来了，她兴奋地跑过去扑向爸爸，喊："爸，爸！"继而，大宝二宝，还有那五个妞，也不约而同地扑向爸爸。爸爸的心啊，热血沸腾！他紧紧地搂着孩子们，仰着头闭着眼睛，极力地控制自己，不让眼泪流出来，但越是这样，越是难以控制。孩子们哭着、喊着："爸，爸！"他们彼此相拥抱成一团，就像是一朵巨大的荷花，掩映在池塘里尽情地盛放似的。顷刻间，他们哭成一团，大宝伸出手给爸爸擦眼泪，二宝也踮着脚摸着爸爸的脸颊，爸爸抚摸着孩子们的头，泪水不断地淌着……

周冰禁不住地说："孩子们，让爸爸到前边来吧。"

他们不舍地散开，爸爸走了过来。

周冰迎过去，握住张顺利的手，说："张爸爸，你好！你身体现在怎么样？"

张爸爸拍拍自己的胸脯，说："看看，我现在身体很好，很健康。"

大妞喃喃道："您好啥呀、好，自己得病了，都不买点儿药吃，就为了省钱。"

周冰问大妞："爸爸得的是什么病？"

大妞说："直肠癌。"

"张爸爸，你做手术了吗？现在身体的各项指标怎么样？"

张爸爸说："手术做完了，我现在什么药都不用吃，各项指标都正常。"

周冰看着孩子们，问："是这样吗？"

二妞插话说："爸爸，您就不要逞强了！您做完手术，连一次药都没买过。"

周冰说："张爸爸，只有身子好了，才能挣到钱帮助更多的孩子呀。我听孩子们说，您收养了四五百个孩子？"

张爸爸说："我收养孩子差不多有二十七八年了。这些孩子中有孤儿、残疾儿童和离异家庭的弃婴。连收养再加助养的孩子，一共有好几百个吧。"

周冰说："我听孩子们讲，您是周家批发市场有名的百万富翁，这是哪年的事？"

"九十年代初确实是如此。不过，现在买卖不比从前了。"

大妞接话，说："爸爸工作很辛苦，天天连轴转，没有休息日，一年下来才能挣十几万……"

周冰问："您为什么这么拼命啊，连节假日都不休息？"

张爸爸说："我拼命挣点儿钱，就是想让那些贫困的孩子，生活得好些……"

下了节目，第二天傍晚，张顺利接到个陌生的电话，对方说："老张啊，你还好吗？你的事我都知道了……其实当年，我离开了你，并没有改嫁呀，因为我心里一直有你啊……"

张顺利听了，只说："啊？！"就不知再说什么好了……

## ◎ 心安

大山是我的朋友，他去年新买了一套大房子，装修完了一直没入住。前两天，他突然告诉我说，想低价处理这套新房，问我买不买？

我问："为什么低价处理呢？"

大山告诉我，他在俄罗斯租地经营蔬菜大棚亏了，现在急着用钱。他又说："你不要认为是占朋友便宜，你不买我也是卖给别人，好事还是可着朋友来。"

凑巧的是，当时我儿子要结婚，正想买个三居室像他那样的大房子。我和妻子商量后，同意买这个房子。

我告诉大山，两天后付清首付30万。

我们自己有20万，又和亲戚朋友借了10万，凑够了30万交付大山，其余每月还贷款。

其中，最让我感动的是，我从老叔那儿借的两万元，他再三叮嘱："这两万元，不急着用，什么时候宽裕了什么时候还；实在没有，不还也行。"

我激动地对老叔说："老叔，这钱是要还的，一定要还！"

为了尽快还清债务，我和妻子算计着我们该如何用手里现有的买卖去赚钱。

我说："咱们得改变一下常规卖货的方式了，不能光出个早市卖几个床单被罩或是几对枕巾枕套了，这样赚不了几个钱，还债也没年头了。"

妻子问："你有新路子啦？"

我说："除了白天卖货之外，早晚再出摊。这样辛苦两年，就会挣钱翻几倍了。"

妻子说："辛苦些没啥，只要能挣钱就行。"

我说："要么货同，就是在不同的市场卖同样的货；要么货异，就是在同一个市场换着样地卖不同的货。"

妻子说："还可以打破一个常规，就是"以大见小"，比如一条枕巾，别人卖10块钱一对儿，咱卖10块钱三条，薄利多销。"

我和妻子按计划运行。果然，这些办法很奏效。我们在家附近的早市、夜市把货卖饱和了，就去离家远的地方去卖。那两年，全市的各个早市、夜市都留下了我们的身影。

我们边挣钱边还着外债。

两年后，我们几乎把所有的外债都还上了，就剩下老叔这两万元了。

等到又攒够了两万元，准备还我老叔钱时，天有不测风云，老叔突发脑出血，抢救过来之后，命虽保住了，却成了植物人。

从此，这两万元成了我的心病，还老叔这两万元吧，又怕老叔的儿子儿媳妇怀疑我只借这两万元吗？不还这两万元吧，我心里又不安。思来想去，不知如何是好。

妻子看出了我的烦恼和不安。

她说："要是当时给老叔写个借条就好了。"

我说："当时想写，老叔不让。"

妻子说："要不，我们每周都去看老叔，把这两万元消费在老叔身上，我们也都心安了。"

我觉得也只能这样，再没有比这更好的办法了。

后来，我和妻子去看望老叔，每次都是换着样买各种够档次的营养品，还时不时地甩个千八百块钱给堂弟。其间，有质量和价格不菲的内衣裤，还有外衣，我们也买了多套，供老叔替换穿。

有一次，堂弟没在家，只有保姆一人护理老叔。我们去的次数多了，和保姆也就成为无话不说的熟人了。

保姆就直接问我妻子："嫂子，你们每周都来看老爷子，真是够孝顺的，别说是侄儿，就是亲儿子有的也做不到。"

我笑着说："是我亲老叔，我当侄儿的也应该尽孝心，况且我爸年龄也大了，也算是替我爸尽一份他们兄弟之间的情分了。"

保姆听完我的话说："看你们两口子人挺好，我也就实话实说了，你是这么想的，你堂弟未必这么想。"

妻子听出保姆的话里有话，就问："堂弟怎么想？"

保姆说："我听你堂弟两口子聊天，认为你们两口子肯定是做了对不起你老叔的事了，才每周这么尽心地来看望你老叔。"

我说："他们怎么想，那是他们的自由，我们问心无愧。"

妻子也附和说："我们心安。"

一年后，我们探望老叔所有的花销累计已达到两万多元时，我和妻子都长长地舒了口气。

又一年后，老叔安详地走了。

◎ 美好

少女时代，歌星费翔是我心中最崇拜的男神。他的歌声、他的瘦高个子、他的浓眉大眼，以及他的过耳长发，我都心心念念非常喜欢。

然而，我没有想到，的确没有想到，几年后在我师范毕业后任职的故乡小镇的中学里，竟然有一个和费翔长相十分相似的男老师出现了。

这个长相酷似费翔的男老师姓方，二十八九岁，教初中美术。

有一天，我和方老师在校园里走了个对面，我打招呼说："方老师您好，您长得非常像歌星费翔。"

方老师听了，用手向后拢了一下长发，笑着说："是吗？不止你一个人这么说，我经常纠正，是费翔像我！"

我咯咯地笑了。

从此，在学校里，我与方老师比和其他老师走得近了一些，这除了他长相像费翔，还有一个更重要的因素：方老师和我都喜欢诗歌。

说起诗歌，方老师已经出版好几本诗集了，给我当老师绰绰有余。课余时间，我常向方老师请教一些诗歌创作方面的问题。方老师有问必答，只要一提到诗歌的话题，他就特别兴奋。

我有几组诗歌，方老师帮忙润色修改推荐到省外多家报刊发表了。那一段时间，尘世间的一切在我和方老师的眼里全是诗，哪怕是一缕风，甚至是空气。

有一次，是节假日，方老师和我一同值班。没有别的事，我们就在办公室写诗。诗写完之后，方老师提议要朗诵诗歌。我说好啊。他给我朗读泰戈尔的《世界上最远的距离》：

世界上最远的距离／不是 生与死的距离／而是 我站在你面前／你不知道我爱你……

这首诗也恰是我喜欢的，我随口接了下一段朗读：

世界上最远的距离／不是 我站在你面前 你不知道我爱你／而是 爱到痴迷／却不能说我爱你……

方老师突然把我拥入他的怀里，我心跳加快，感觉他要低下头吻我。最后，方老师没有吻我，又把我从他的怀里推了出来，嘀咕道："不能这样，我没有资格了，我不能玷污了这种美好……"

方老师嘀咕着走出了办公室。

时隔多日，办公室只有方老师我俩时，我直接问道："方老师，你年纪轻轻干吗结婚这么早，还是两个娃的爸爸了，不觉得累吗？"

方老师习惯性地用手向后拢了一下长发，说："能不累吗？老二是超生，罚了款。为什么结婚这么早？说来就是无知，我和老婆两家是邻居，小时候我们一起过家家，她就给我当老婆；长大后，二十二岁那年，有一天我去她家，她爸妈去外地走亲戚，就她一人在家，我们偷吃了禁果。"

说到这儿，方老师又拢了一下长发，摇摇头说，想不到就这一次她竟然怀孕了。没办法，我爸妈就让我把已经大肚子的她娶回了家。当时我还没上班，老婆生下大闺女之后我接了我爸的班，又到省美院进修一年，回来当了美术老师。

方老师从漫长的回忆之中抬起头来，眼睛湿润了……

第二年初冬，校长接到通知，省教委举行英语公开课大赛。校长让我去参赛。我参赛的课文是：The Zhao zhou Bridge（赵州桥）。我备好了课，只差插图了，我找到方老师求他帮我画一幅。

74

当晚，方老师在办公室画了一幅又一幅，画了一个通宵，终于画了一幅让他满意的画作。第二天方老师把画交给了我，一双倦怠的大眼睛笑了。

我如期参赛，经过全省百余名教师的初赛、复赛、决赛，最终我荣获了冠军。由此，改变了我的命运，我被调到省城的一所学校任教。

半年后，我回小镇探亲，在街口碰到了方老师。他看见我后，眼神除了惊喜，还有一丝忧伤。我从挎包里掏出一件夹克衫，是特意给方老师买的，回谢他那幅画的情谊。

后来，我在省城有了自己的家，就很少再回到小镇。

有一年，端午节前夕一亲属家孩子结婚，我再次回到小镇。参加完婚礼之后，我想去看看方老师。走到方老师家门前，不料大门却紧锁。

我回省城，去车站的路上，在一个拐角处碰到了同事姜老师。彼此寒暄后，姜老师问我："方老师的事你还不知道吧？"我问："方老师怎么了？"

姜老师说："你调走二年后，方老师离婚了。他和咱们学校挺风流的丁老师相好了，她为他离了婚，但不知为啥他俩竟然没有走到一起。后来方老师离开了学校，听说去了南方……"

我听后，眼前便又出现了那个长相酷似费翔的方老师。

## ◎ 丢失

伴着"哗哗"的水声，我正在清泉浴池冲洗着。忽然听见喊声："98 号，该你了。"

我抬头一看，原来是搓澡工叫我搓澡。

"来了。"我回应道，随即从水雾中走了出来。

"以前来洗澡，咋没见过你？"我问。

"俺是新来的。"她答。

"咋称呼你？"

"叫俺王嫂吧。"

"哦。"

我们一前一后奔搓澡间走去。走到床边，我顺手把澡巾递给了王嫂。她接过澡巾，让我躺下。

王嫂一边拧澡巾，一边夸我身材好，我心里美滋滋的。

王嫂没搓几下，问："大妹子，这样搓手劲儿重不？"

我说："行。挺好。"

王嫂的话多了起来。我们聊得挺投机，我索性让她给我做个鱼肝油浴。

王嫂听了，乐得眼睛和鼻子都挤到一块了，连忙说："中，中！"

"王嫂，你若给我推得好，以后来洗澡总用你了。"我说。

王嫂听了，高兴得直点头，仿佛自己中了头彩似的。

王嫂给我浑身涂抹上了鱼肝油。我微闭双眸，放松身心，缓解劳累。

王嫂或拍或捏或敲。手指轻柔，动作娴熟。过了四十多分钟，王嫂说："妥了，大妹子，起来吧。"

我听到王嫂叫我，才晓得自己刚才入梦了。我一边道谢，一边起身走到花洒前。

打开花洒，边冲边洗，我的手碰到了耳垂。我的心一激灵，那种惬意的感觉不见了。天哪，我的金耳环丢了！我怔在那里，脑海一片空白。

我镇静下来。想了下，回去找王嫂。

王嫂听我说金耳环丢了，撂下手里的活儿帮我寻找。

无论是我搓澡躺过的床上，还是我走过的地面，凡是能看见的角落都找遍了。结果还是没有找到。

王嫂搓着手自言自语："是不是被污水冲到'地漏子'里了？"王嫂又去找了，我跟了过去。

王嫂蹲在"地漏子"跟前，费了很大劲儿挪开了铁盖。她用右手指扒拉那些裹着头发丝的弃物，用左手指缝过滤漏下的污水。

看到王嫂扒拉那些脏兮兮的淤泥，有洁癖的我差点儿没吐了，我忙把头扭向了一边。

约莫一个钟头了，王嫂还在扒拉那些淤泥呢。我和在场的人都盼着能出现奇迹。

然而事与愿违。等到王嫂扒拉完了以后，她站起身看了看我，尴尬地说："大妹子，对不起，俺还是没找到。"

我瞅了瞅王嫂，没言语，但心里开始怀疑她。

王嫂看出了我的心思，说："大妹子，俺可没拿你的金耳环。"

我白了一眼王嫂，没再言语，转身去找老板娘了……

回到家，我把丢金耳环的事说了。爱人说："丢了就丢了吧，以后再买新的。"

这当口，我的手机响了，是老板娘打来的。

"红姐，你的金耳环找到了！"

"真的吗？在哪儿找到的？"

"王嫂在你的衣柜旮旯找到的。"

"哦——"

"你的金耳环是用手帕纸包裹着的，不打开很难被人发现。你走后王嫂没干活，一直在找金耳环……"

听了老板娘的话，我一直感动着。（原来是我自己怕脱绒衣刮掉了金耳环才……）

我觉得自己对不住王嫂，虽然找回了金耳环，但另一种丢失开始在我心里翻涌。

## ◎ 网事

叶子爱好文学。这个没错，错的是她没遇到"对的人"。

这个人就是阿明，他是叶子的恋人。她用什么方式联络，都不见他的回音。他们失联多日了！

叶子承受不住了，竟呜呜大哭起来。

兰姐听到哭声，吓了一跳，立马走了过去。

兰姐和叶子是发小，她俩辍学后，一同来到北京打拼，并合住一套廉租屋。

兰姐问："叶子，咋的了？是不是失恋了？"

叶子点点头。

兰姐又问："是不是那个网友阿明啊？"

叶子又点点头。

兰姐说："为了一个网友，只凭他那些文字就把你迷成这样，傻妹子快醒醒吧！"

叶子听后没吱声。

又过了几天，兰姐煮了叶子最爱吃的饺子端到她嘴边。

叶子躺在床上，肚子空空的，却一个饺子都咽不下。

兰姐握着叶子的手，说："傻妹子想开点儿吧，你老是不吃东西，身体会熬垮的。"

叶子望了一眼兰姐，说："放心吧，我没事。"

79

兰姐说："吃点儿吧，哪怕是几个。"

叶子吃完饺子，情绪好了许多。

兰姐说："叶子，我说件事，你帮我拿捏拿捏。"

叶子感觉兰姐有点儿奇怪，又有点儿不解，问："我自己都这样了，咋帮你呀？"

兰姐低下头，说："叶子，我恋爱了，他还是个'大作家'呢。"

叶子说："嗯，好事啊。"

兰姐说："我把他写的文章，挑喜欢的都抄在日记本上了，我拿给你看看。"

兰姐找到了日记本，交给了叶子。

叶子打开扉页，看见了一个熟悉的网名"爱你不后悔"，顿时目瞪口呆。

叶子镇静了片刻，轻轻地翻看完，她的心不禁一揪，原来这些大多是阿明曾经写给自己的呀！

兰姐看到叶子一言不发，脸色凝重，问："你懂文字，说说他写得咋样？"

叶子看了兰姐一眼，平静地说："你的男友网名叫'爱你不后悔'？"

兰姐说："是啊，怎么了？"

叶子说："咱俩的男友是同一个人。"

兰姐轻轻一笑，说："虽然是同名，但不一定是同一个人，网络重名的多着呢。"

叶子说："兰姐，我说的是真的。"

兰姐有点儿莫名其妙，问："这……这到底是怎么回事？"

叶子问："你和他视频过吗？"

兰姐说："视频了。"

叶子又问："那你说说，他长得什么样？"

兰姐说："我有照片，你看下。"

兰姐找到照片，递给叶子。她确定那个人就是阿明，因为自己看到的阿明和这个人一模一样。

叶子仍然平静地问兰姐："他是做什么工作的？"

兰姐说："他经营一家广告公司，还是个大老板呢。"

叶子听了，她的心又是一揪，她和兰姐爱的着实是同一个网络男人。

兰姐说："我认识了他以后，天天盼着他在线，天天想和他聊天。我们爱上了彼此，愿意为对方做任何事情。昨天他说生意上遇到了困难，资金周转不开，让我帮帮他？"

叶子问："你借他钱了？"

兰姐说："我俩说好'五一'订婚，他有难处能不帮吗？"

叶子又问："你借他多少钱？"

兰姐说："三万。"

叶子叹了一口气，说："兰姐，咱俩都很傻啊！我为了支持阿明的事业也借他三万，也是这个叫'爱你不后悔'的男人。咱俩爱的是同一个男人，上当的也是同一个男人。"

兰姐说："不可能，我爱的男人绝对不是你的那个阿明。"

叶子说："兰姐，我也和他视频了，他和你的这张照片长相一模一样，你最近和他在网上联系了吗？"

兰姐说："他对我说网络太虚假，早就准备退出网络，我也同意了，所以我俩都不上网了。"

叶子问："兰姐，你有他的手机号吗？"

兰姐说："有啊。"

叶子问："兰姐，你快点儿给他打电话，看看他接不接。"

兰姐拿出手机，拨了几个号码，语音提示该号已经停机。

兰姐喃喃地说："这就怪了，昨天我还给他打电话了呢，他还说要来看我，怎么突然就停机了？"

叶子说："我百分之百地确定，他就是个网络骗子。"

叶子拉着兰姐的手，她们向派出所走去。

## ◎ 日子

学校放学了，王子带着王丫一同回家，刚进屋就瞧见母亲犯病了。

母亲有颈椎病，没当大病治，越拖越重。因脊髓受压，双腿无力，故瘫痪了。

王丫不得不辍学，一边帮衬照看母亲一边干家务活。而王子呢？是家里的顶梁柱，继续上学，但事与愿违他不是学习的料，没熬到中考就回家务农了。

日子如流水，一晃儿十多年过去了。

中秋节当晚，月光格外轻柔，父亲敲门进了王丫屋。

父亲说："丫，咱家有喜事了，后屯马婶捎话给你提亲了！"

王丫问："是谁？"

父亲说："小伙子叫赵刚，你若答应，赵家给咱20万彩礼呢，你哥就不愁娶媳妇啦！"

王丫呆住了，心想："赵刚？就是那个又黑又胖爱淌大鼻涕的男生……"

父亲问："咋了？"

王丫说："我和刚子同桌过……"

过了几天，王丫思来想去，最后还是答应了父亲，她不仅是因为自己该嫁人了，更是因为父亲太缺那笔彩礼钱了。

婚后，王丫生了对龙凤胎，日子过得像花一样。

然而，美好的时光总是短暂的，命运偏偏就爱捉弄她，就在龙凤胎即将上学之际刚子发生了意外。

刚子有个发小叫柱子，比他小几岁。他俩情同手足，柱子碰见赚钱活，总爱带上刚子。

一次，柱子大伯承包了本市一座立交桥的工程，他俩都去打工了。其间，在盖梁浇筑即将完工之时，刚子由于干活失误，不幸从桥上摔了下去，柱子吓呆了。送到医院抢救，刚子双腿粉碎性骨折，医生说要想保命必须双腿截肢，王丫知道后哭得死去活来……

刚子截肢后，柱子总来看他，每次来不是拿钱就是带礼物，还经常帮王丫干重活，真是不是家人胜似家人啊！

刚子既感激又矛盾，他心里总有些说不清的东西，时而游离出来，时而又折腾回去。这种感觉越来越强烈，最后变成了无名火。他赌气不吃不喝，冲王丫摔东西，大吼大叫！过后，又非常后悔和难过。

刚子考虑再三，最后决定要和王丫离婚。

刚子说："丫，我残废了，给不了你幸福，不能耽误你一生；柱子人不错，对你又好，你就嫁给他吧。"

王丫说："刚子，你别老瞎想了，我心里只能搁你一个人……"

无论刚子怎么说，王丫就是不同意离婚。

一天中午，王丫铲地回来，刚进门就看见刚子窝在炕边，两眼紧闭口吐白沫。王丫心里"咯噔"一下，急忙扑到刚子身边，赶紧用拇指摁他的人中穴。

说巧也巧，柱子赶来了，王丫哭着说："快，拨120！"

原来刚子喝了敌百虫，幸亏发现及时才没出意外。

刚子好了，又提离婚之事。王丫怕刚子再寻短见，勉强答应了，但前提是她负责照顾刚子一辈子。

离婚后，柱子想和王丫一起照看刚子。

柱子大胆地追求王丫了。王丫相信柱子喜欢自己，但一口回绝了他。因为柱子不仅长得帅，家庭条件也不错。之所以一直单身，是他眼光高没意中人。王丫不想拖累他。

柱子遭到拒绝后，不但没死心，反而郑重地向王丫求婚了。

柱子说："丫，嫁给我吧！"

王丫说："柱子，你人好，找个适合你的人吧！"

柱子说："我找到了，这人就是你。"

王丫说："不行，我有两个孩子，还得照看刚子一辈子呢！"

柱子说："对，把刚子带上，咱俩一起照顾他和孩子！"

王丫含泪点头了……

多年后，龙凤胎考上本市的重点高中了，但开学后没去念，而是各自去打工了。

王丫知道后，呜呜地哭了起来，她知道孩子们是为了减轻家里的负担哪。

王丫和柱子把孩子找了回来，让他们继续回学校上学，告诉他们钱的事不用操心，念好书才是最重要的！

三年后，龙凤胎终于考上大学了！哥哥考上了外省一所重点大学，妹妹考上了省城的师范院校。

可惜的是刚子没能看到孩子大学毕业，就因血糖过高造成创面深度感染，医治无效离开了人世。

送走刚子，柱子心里空落落的，说不清的感觉无法释怀。他找到了一瓶大曲酒，开盖后仰脖"咕咚咕咚"灌了下去，就着酒劲儿和王丫说了些她不知道的秘密。

柱子说："丫，我对不起你，更对不起刚子啊！"

王丫一脸困惑地看着柱子。

柱子说："其实当年那次事故是因我引起的，本来该掉下来的人是我。但在关键时刻是刚子救了我，他才……"

王丫听完双手掩面而哭。

## ◎ 旧事

几年前的一桩旧事，总是禁不住地想起，仿佛不吐不快似的。

那年女儿上大二，每逢月底我都会给女儿寄生活费。

我和爱人守摊卖点儿应季水果，算是小生意，收入虽不是太高，但除了应付生活每月还略有盈余。

又到月底该给女儿寄生活费了，女儿电话里告诉我，这个月除了生活费之外再多给她寄五千元，她想买个笔记本电脑。

家里的现金凑了一下，还差两千元。银行里存的是定期，不想动那钱。没办法，思来想去，只能到大姐家去借钱。

我出门向站台走去。快要到站台时，我脚下踩了个东西，低头一看，是个墨蓝色的旧钱包。

我弯下腰，把钱包捡起来。我看到钱包里有一沓子钱，还有几张银行卡和身份证、学生证。

我断定当时没人看到我捡起这个钱包。我以极快的速度查了下钱包里的钱，正巧是两千元。

手里有了捡到的这两千元，我还用去大姐家借钱吗？当时，内心里确实很矛盾，想把银行卡和身份证一撇，然后拿钱走人。

当我看到学生证上那张稚嫩的面孔时，心里立即想：他是个孩子。这样想时，心里一下就柔软了。我便没有再多想，把钱装进钱包，按照学生证上标注的地址去了学校。

　　到达大学门口，我告诉门卫的胖保安，你们学校的学生韩僮丢了钱包，我捡到了，给他送回。

　　胖保安倒是十分热情，说周日学校找不到老师，让我把钱包里的东西用手机拍照留存，他写个收条给了我。他说把钱包交给保安部，周一老师上班就能联系上韩僮。

　　胖保安又让我留下电话号码。他说："等找到韩僮，让他给你打个电话致谢。"

　　从理工大学出来后，我才去了大姐家，把借钱的事和大姐说了，大姐立马给我拿出了两千元，还说，孩子的事可耽搁不得。

　　接着，我把捡钱归还的事对大姐说了。

　　大姐说：这事做得对，姐支持你。你小时候就是个善良的女孩，经常帮邻院的王奶奶干零活。

　　翌日，周一上午，我手机微信提示音响了一下，打开微信页面，通讯录里有人添加我微信。我看到请求通过的信息：我是丢钱包的失主韩僮。于是，我点击通过了。

　　韩僮给我发来微信："傻阿姨，你坏了我的好事啦！随后发上来几个'炸弹'的表情图。"

　　我问："咋了？"

　　韩僮："钱包是我故意丢的！"

　　我问："为什么啊？"

　　韩僮："前几天，我们学校开展了'向雷锋同志学习'纪念日活动，一个女生丢了钱包，全校同学做好事，向她捐款了。所以我也想得到同学们的捐款……"随后，他发来一个怒气的表情图。

　　我说："孩子，为了这个，你就丢掉身份证和银行卡？"

　　韩僮："那样才真实。阿姨，你想一想，补办一个身份证才几十块钱，而我得到的捐款肯定比这个多呀！至于那几张银行卡嘛，是我新办的，里面根本没有几块钱。"

　　我无法理解韩僮的行为，不知怎么劝他是好。我再发信息，微信上出现了一条红杠！韩僮把我删除了，我发送朋友验证，韩僮又把我拉黑了。

## ◎ 无言

二十世纪七十年代初，宇和兰一同读初二。但几年后，他们的命运却迥然不同，甚至是阴阳两隔。

有一次数学测验，宇有些题不会，兰看在眼里急在心头，把答好的卷署上宇的名字，又把宇的卷拽过来答好换上自己的名字。原以为这样就帮到了宇，没想到竟被老师识破，二人遭到了严厉的批评。这件事过后，兰端正了学习态度，和宇取长补短。他们彼此的关系更加亲密了。

一年后，宇的父母落实了知青政策，全家返城回到了哈尔滨。到了期末，宇的成绩下降了，母亲找到了病根，知道儿子早恋了。她找到了兰，逼着她跟儿子一刀两断。兰答应了，但心里还想着宇，直到收到宇的母亲找人模仿宇的字体写的绝交信，兰才彻底绝望，她哭着辍学了。

这当口，兰的父母正为长子的婚事犯愁。女方要两万块钱彩礼，否则结婚免谈。这时，张大发乘虚而入了！他是暴发户，年过四十，老婆病逝，留下个傻娃叫愣子。张大发早就惦记着兰，只差她念书没敢吱声，现在兰不念了，就想用钱砸了。

兰失去了宇就是失去了整个世界，索性就答应了。兰之后去了趟哈尔滨，在宇的学校门口偷偷看了他，回来就嫁给了暴发户张大发。

88

中考结束，宇考上了省重点高中，他接到通知后直奔火车站，去看兰。他以前和兰有约：一同考入省重点高中。而今，自己如愿了。兰咋样了？下了火车，走在熟悉的路口，他踌躇着，忽然听见了兰的声音："愣子，愣子？回来啊——"

兰四处张望，她看见了宇，随后撒腿就跑，宇便追过去。

兰实在跑不动了，蹲在一棵树下抱头痛哭，宇问："谁欺负你了？"

兰停住哭，把自己结婚的事情告诉了宇。

原来这一切，都是母亲的安排，宇自己却全然不知。两人紧紧地抱在一起痛哭。

宇回到家，思念和自责一直在心里纠结着。

七年后，宇大学毕业分到了教育局。他心里一直惦念着兰，给她写了信，但她收到了却没回。兰知道自己别无选择，因为她已经生了娃。

张大发喜爱极了，连干活都是哼着小曲。

世事难料，平静的日子又起了波澜。张大发带愣子上街买年货，途中发生了意外：被四轮车撞了，愣子当场身亡，张大发锯掉了一条腿。生活的担子落在了兰一个人的身上，她只能选择坚强，干农活、做家务、哄孩子、侍候丈夫。这样的日子一熬就是七年。

苦和累没能压垮兰，只是内心的那份牵挂，却没因岁月的流逝而丝毫淡漠。

长期的身心劳累，兰的身体每况愈下。虽然年龄不满三十，但抵抗力着实糟糕。不知不觉间，染上一种莫名的病，又拉又吐，还高烧。在诊所打了一周点滴，仍不见好转，她感觉自己要死了，想最后听听宇的声音。

兰拨通了记在心里的号码，却不知说啥了。宇接通电话后听不到任何声音，大声地"喂喂"之后挂了。当宇感觉有点不对劲儿时，他收到一条信息：请抽空来看看兰吧，她要不行了！短信署名张大发。

当宇来到了兰身边时，她已经不能说话了，只能微微地眨了眨眼睛，嘴角滑过一丝笑……

张大发一把鼻涕一把泪："兰啊，我对不住你呀，让你跟着我吃苦了……"

宇也"扑通"一声跪在兰面前，哭喊着："兰啊，是我不好，是我害了你一辈子呀……"

随后，兰在两个男人的哭声中闭上了眼睛。

## ◎ 颠倒

我四十岁那年，姐姐得了宫外孕在市第三医院妇科住院，我护理姐姐。

姐姐康复后，她建议我做个妇科体检，我说："算了吧，我身体好着呢！"姐姐说："到了你这个年龄，每年至少要体检一次，你别不当回事。"

多天后，姐姐给我打电话，问："去体检了吗？"

我支支吾吾。

姐姐说："要不，我陪你去吧。"

我推托不掉，只好说："好吧。"

第二天，姐姐陪我去了市第三医院，我挂了妇科，一个男胖医生给我做了内诊，还给我开了B超单子。

我到6楼C区，把单子交给服务台护士。大约等了三个小时，候诊的屏幕上终于出现了我的名字。走到超声室内，按照超声医生的吩咐，我躺在医用床上。这位中年女医生，话语不多，是个冷美人。冷美人手法利落，三下五除二活就干妥了。我起身穿好衣服，在门外等结果。

喝杯茶的工夫，冷美人推开门，把检查报告递给了我。我拿着报告单，看不大懂，但凭直觉，看到"子宫肌瘤"字样有点儿傻眼了。

姐姐接过单子，看了看，也没看明白，她安慰我说："没啥大事。走，咱找医生去。"

　　我们一前一后，返回了妇科诊室。我拿着超声报告单，排号静候。轮到我时，我把单子拿给那个男胖医生。男胖医生蜻蜓点水般地扫了一眼，对我说："你的肌瘤都4.5厘米（肌瘤的直径）了，得动手术切掉啊。"

　　我紧张地愣了一下，说："这么严重呢？！"

　　男胖医生冷冷地瞅了我一眼，大声说："下一个……"

　　我心里不是个滋味，为何身体一向棒棒的我，怎么会得这个病呢？我走到姐姐面前，对姐姐说："我身体啥感觉都没有啊，是不是医生给我看错了呢？"

　　姐姐看我疑惑，说："要不，咱再去别的医院看看吧。"

　　我和姐姐去了市第一医院和肿瘤医院。做完内诊和B超，医生都说我的肌瘤够大，非得手术不可。我不得不相信"这个现实"了，也不得不准备手术了。我比较了这几家医院，最终选择了比较权威的肿瘤医院。

　　准备就绪，我去了肿瘤医院。住院一周，即将做手术。术前需要做些"热身"。我的主治医生是马博士，他是本市颇有经验的主任医师。她的助手叫李雪，李雪是马博士自己带的研究生。李助手给我安排了一系列准备事项，其中一项是务必得再做一次超声检查。

　　我跟随李助手，进入了B超室。超声医生是位大姐，她冲我微微一笑，那神情就像一缕柔和的阳光，不经意间反射到我的脸颊上。随之，我紧张的心情瞬间被大姐的微笑融化了。

　　医生大姐对我说："把衣服脱下来，裤子留一条腿就行。"

　　我顺从地躺在床上闭上了眼睛。大姐说："别怕，放松。"

　　我说："好。"

　　大姐一边和我聊天一边看着影像。她说："都哪儿不舒服啊？"

　　我说："平时挺好的，就是上火时小肚子疼，但不严重。"

　　大姐说："还好，有肌瘤，但不算大，留意观察就行。"

　　我疑惑地说："不对吧，我之前去过三家大医院，都说肌瘤够大得动手术呢。"

大姐说："肌瘤是多，但最大个儿的，也就 2.9（大约指立方厘米）。只要注意别吃些高营养的东西，过几年闭经了，肌瘤自然而然就干瘪了。"

我听后欣喜地说："真是这样，那可就太好啦。"

大姐说："起来吧，放宽心，你不用'挨刀'了。"

我起来后，还是有点儿疑虑。大姐看出了我的心思，对我笑了笑，说："你把那三份医院的报告单，拿给我？"

我说："我手头没有，住院时都拿给医生备案了。"

大姐说："去，要回来，我看看。"

我点头说："嗯。"

我费了很大的劲儿要回了报告单，把单子交给了大姐。大姐看了又看，对我说："这三份单子都犯了一个通病，那就是'超声描述'不规范。都把'子宫'和'肌瘤'的位置弄颠倒了。而医生仍然按照习惯来处理，没有认真看超声报告单……"

我听了，脊梁骨一阵发凉，好险啊，我的子宫！

我激动得泪流满面，握着大姐的手久久不放。

我和姐姐立即办理了出院。在我出院三个月后，听到的一个消息于我来说，不亚于晴天里听到一个惊雷——姐姐陪朋友去市第三医院看病，在门诊大厅里的公示板上，看到了给我看病的那个男胖医生的名字，他竟然被提升为副院长了。

听此消息，我心里五味杂陈。

此时，我非常想念保住我子宫的肿瘤医院做超声的那位大姐，我想去看一看她。到了肿瘤医院住院处，我找到了马博士的助手李雪，问那位大姐在没在超声室？

李雪贴近我的耳朵小声说，上次你的不用手术一事有人告到院长那里了，院长找了大姐"劝谈"之后，大姐就办理退休了。

听此消息，我心里再次五味杂陈。

## 瓜熟并非蒂落

后来，我们都在省城扎了根，日子过得安心恬荡。

从此，我们都忙着各自的工作，见面难免少了一些。

有一年秋天，我去看望李美丽，到了服装店，迎接我
的却是个漂亮女孩。

## ◎ 瓜熟并非蒂落

国庆节前夕，我接到表侄子结婚的喜帖。没料到表侄子举行婚礼当天，我却意外地遇见了昔日的闺蜜李美丽。

李美丽看见了我，热情地和我打招呼拥抱。

婚宴上，我提起了李美丽，客人们几乎都认识这个响当当的女镇长，还夸她是小镇的父母官呢。

婚礼结束，我返回家中小憩，禁不住想起了往事……

二十年前，我师专毕业分配到家乡小镇的一所学校任教。

转年，学校有个老师下海经商办了停薪留职，因而想要找个能教低年级的代课老师。

恰巧李美丽在家待业，她能说会道又有爱心，于是我推荐了李美丽。

李美丽是我发小，自打上学起我俩就好得像一个人似的。

她有什么好吃的总落不下我，我有什么好吃的也同样落不下她；她有什么心里话都跟我说，我有什么心里话也同样跟她讲。

我们上初二那年，李美丽暗恋我们班教音乐的王老师。

王老师是新分配来的大学生，他的长相和歌声都酷似歌星蒋大为。李美丽特别爱唱歌，所以她对王老师情有独钟。

熬过半学期，李美丽尝尽了单相思的苦楚，就把自己的心声对王老师表白了，王老师听了非常意外。

平心而论，王老师很喜欢李美丽，但职责告诉他——做该做的，故婉言拒绝了她。

事与愿违，李美丽认死理，绝望至极。她跑到我身边大哭了一场，告诉我她失恋了！

这之后，一人闷在家里，谁劝都不听，硬是辍了学。

当时李美丽的父亲是中心小学校的主任，但对女儿固执的行为却是束手无策。

对于李美丽来说时间是最好的良药，她蹉跎了几年韶华以后，自己逐渐地成熟起来了。

李美丽利用闲暇时间，恶补了落下的所有功课。

翌年，县教委下达通知：教师队伍整改。

李美丽觉得自己代课教师转正无望，就辞职了。

说巧也巧，因工作变动我也离开了学校。

辞职后的李美丽来到哈尔滨，学习服装设计。学成之后，开了个服装店。小店生意不错，忙不开时我也常去帮忙打下手。

后来，我们都在省城扎了根，日子过得安心恬淡。

从此，我们都忙着各自的工作，见面难免少了一些。

有一年秋天，我去看望李美丽，到了服装店，迎接我的却是个漂亮女孩。

我问："李美丽呢？"

女孩说："她去大学进修了，早就把服装店兑给了我。"

回到家后，我写了封长信表达了我的祝福，寄给了美丽。

可是一周过去了，不见美丽回信；一个月过去了，还是如此。

我暗自思忖，可能是我地址写得不详，美丽才会收不到信，所以我没多想，依然在心里祝福她。

过了几年，我应邀去一个同学家喝满月酒，恰巧碰到了从前的同事丁老师，我们聊到了李美丽。

我问："美丽进修后分到哪个学校了？"

丁老师说："当然是咱们那个学校了。"

我又问："为啥呀？"

丁老师吞吞吐吐地说："可能你不知道吧，李美丽的父亲后来当校长了！她是定向分配。"

我说："那不是挺好嘛！"

又过了几年，表哥阑尾炎手术，我去探望。茶余饭后，我和表侄子闲聊。

表侄子说："人生之事很奇妙啊，一步走对步步都对，比如李美丽镇长——"

我疑惑地问："她当镇长了？"

表侄子说："可不，我是她秘书，有些事外人不知道。她进修这步就走对了，加上她务实善社交，就步步青云了！"

我说："那是因为她命好吧！"

表侄子看了看我，迟疑地说："其实改变李美丽命运的人是您，当年教育局根据有关规定进修名额是给您的，她顶的是您的名额才去进修的。"

我惊讶地说："怎么可能呢？"

表侄子说："这是个秘密！有一回李镇长喝多了，酒醉之后我扶她进屋，她酒后吐真言说漏嘴了，我才知道的。"

我听了，不敢相信自己的耳朵。

这之后，我再没找过李美丽。李美丽也没主动找过我。

岁月匆匆，一晃就是二十年过去了。说来也巧，就在去年春季，我到县教育局办事，需要查档案填写资料。

我去了档案室，没想到管理档案的人竟然是我们班的王老师。他调到教育局工作多年了。

我们谈到了李美丽，王老师不经意间告诉了我一个可靠的消息。原来当年那次大学进修是内招，仅限于教师子女考试，没对外公布而已。

## ◎ 老康的游戏

老康很古怪，尤其是性格方面，退休后更严重了些。

比如老康去超市买东西，在出口收银台结账时，收银员顺嘴问他要一个食品袋吗？收银员的意思，如果要食品袋，结账时袋子的五角钱就一起结算了。

老康却回答说："要不要我自己清楚。"话音刚落，老康立马又补充说："我要一个食品袋。"

类似这样的例子很多。

老康是从局长的位置退下来的。退下来的冷清，让他想到了在南方工作的儿子，想到了儿子就由此及彼地想到了九岁的孙子。

于是，老康打电话给儿子，要求儿子把孙子给送回北方来，到这边上学。

儿子电话里告诉老康，这边的教学质量赶不上那边。

老康无奈，就带老伴回老家了。他住在熟悉的老屋里，仿佛年轻了好几岁。开春时，老康在村头的山丘上种了一大片地。

日子如水般一天又一天地流过。然而天有不测风云，这天，老康老伴因病去世了。

儿子从南方回来了，料理完母亲的后事，要把老康带到南方去生活，老康却不肯去。

老康失去了老伴，悲恸欲绝，总去老伴坟前哭泣。

一天深夜，老康一人来到山丘上，坐在老伴坟前，一坐就是几个钟头。他望着星空，眼里噙着泪水，嘴里不停地叨咕着老伴对他的好。

不知不觉间竟然睡着了，梦里老康看见了一把刀直奔他的双手而来。老康的双手躲得快，便没有被砍到。但那刀再次突袭老康的双手，老康就迅疾地把双手躲到背后。闪回几次后，那刀突然开口说话："老康，你是跑不掉的，我要吃了你！"

老康听了，吓得脑门直出汗。他恐惧地叫了起来："别吃我！别吃我！！"

老康被惊醒了，慢慢地睁开了眼睛，原来他坐在老伴坟前做了个噩梦。

老康起身缓缓神回家了。路上，他心神不宁，忐忑忑忑。

回到家，躺在床上翻来覆去睡不着。闭上眼睛，就感觉那把刀的影子伴随左右。

自此，老康就开始整天整宿、反反复复、一而再再而三地九九八十一遍地想着那把刀。

那把刀让老康连续多日寝食不安，痛苦不堪的折磨与日俱增。

终于，有一天老康扛不住了，他到公安机关自首了。

警官听完老康叙述的案情，惊得瞪大了眼睛。

老康告诉警官，那天他刨地，不小心镐头碰到了小腿破了皮。回家老伴见后，说他是窝囊废，两人就话赶话吵吵起来了。吵后，老康打电话给儿子，想让儿子给评下理，结果儿子说了声忙就把电话给挂了。

老康回过头就掐住老伴的脖子，他一再强调说，只是想吓唬吓唬老伴，没想到却意外地给她掐死了。

老康喃喃地说，如果那天儿子在电话里能和他多讲几句，他就不会那么冲动了！

## ◎ 狗性

皮皮是一条土狗，母亲对皮皮原本是不大待见的。

一天，我跟母亲干活回来。走到院门口，看见弟弟蹲在台阶上，瞅着一条小狗吃食。

那条小狗听到了我们的脚步声，丢掉食物，一瘸一拐地朝猪圈方向跑了。

母亲问弟弟："哪来的小狗？"弟弟说："捡的。"母亲说："扔了吧！"

我们进屋了，母亲洗手做饭。而我，却对小狗产生了好奇。

我走到窗前往外望，只见那条小狗个头和身长差不多，足足有30厘米那么大。

不大一会儿，小狗又折了回来。

弟弟朝小狗走了几步，用手打着招呼，嘴啾啾地叫着。小狗顺势拐回盆前，又抬头瞄了一眼弟弟。弟弟蹲在小狗身边，抚摸它颈部的鬃毛，它大口地吞食。

午饭做好，母亲教我招呼弟弟吃饭，弟弟迟迟不进屋。母亲隔窗一看，弟弟仍旧摆弄着小狗，就生气地喊："臭小子，让你把狗扔了，咋还磨蹭呢？"弟弟站起身，嘅着嘴，气哼哼地说："嗯呢！"然后，弟弟就把小狗扔出了院外。

第二天，弟弟写完作业，在院里玩耍，忽然听见大门外发出微弱的汪汪声，弟弟循声而去，原来是那条小狗一瘸一拐地回来了！

弟弟把小狗抱进屋，发现它腿上的伤还未好，便喂食洗澡、清理伤痂、包扎伤口、搭狗窝，忙得不亦乐乎。

母亲回来后，又见到了小狗，气愤地说："你咋又把小狗捡回来了？"

弟弟说："是它自己回来的！"

母亲说："它来历不明，狗毛脏怕传染人！"

弟弟说："它不脏，是你心脏了！"

母亲生气地打了弟弟一耳光，弟弟没哭，而是抱着小狗摔门走了。

母亲喊道："把它扔得远远的！"

天渐渐地黑了，小狗没回来，弟弟也没回来。

母亲开始自责起来，找遍全村都没见到弟弟。

翌日，母亲来到父亲墓地，看见弟弟竟抱着小狗倚着墓碑睡着了。

弟弟病了，小狗也病了。母亲熬了小米粥，又买了布洛芬片。母亲给弟弟吃了两片药，又喂他喝了一碗粥。

吃了药，喝了粥，弟弟感觉好多了，便起床了。弟弟拿出一片药，放进小勺内，加入两滴水，用筷头碾碎倒进碗里，再盛半碗粥搅拌均匀，端着小碗出屋了。

走到狗窝前，那条小狗竖起耳朵立马站了起来。它看见了弟弟，就像见到了亲人。它嘟着小嘴抬着前腿晃着尾巴。弟弟抚摸它背部的鬃毛，又亲了一下它的额头，感觉还在发烧。

弟弟拍了拍小狗的脑门，说："快来吃食吧。"

小狗顺从地摇着尾巴吃了起来。

弟弟是穿着背心出屋的，母亲怕他感冒大发了，赶紧拿了件上衣跟了出去。母亲站在弟弟身后，看着他一勺一勺地喂小狗吃小米粥，心里一下热乎乎的。母亲把衣服披在弟弟身上，转身默默地离开了。

半年后，小狗的伤痊愈了，它的个头长了一大截，俨然变成大狗了。

我觉得这条狗命硬皮实，所以就叫它"皮皮"了。

皮皮不光出落得有模有样，还会察言观色。弟弟吃什么好吃的都分给皮皮一半。

时光飞快，一晃过年了。

除夕夜的傍晚，母亲做好饭菜，招呼我和弟弟吃饭。这当口，弟弟拿着"二踢脚"炮仗和火柴，蹲在院里看着皮皮啃骨头呢。

我站在门口喊弟弟，弟弟说他放完炮仗就进屋吃饭。

弟弟把"二踢脚"竖到地上，挨着下方的火药捻儿，划了一根火柴，点着跑开了。"二踢脚"随着一股黑烟射向天空，发出"轰"的一声巨响。皮皮被这响声吓得丢掉了嘴里的骨头，它被眼前的一幕激怒了，像饿狼似的一个高跃扑倒弟弟，在弟弟身上撕咬了起来！

我见状，大声惊叫："妈，不好了，皮皮咬弟弟呢！"

母亲听到喊声急忙往外跑。母亲手里拿着根棍子，把皮皮打跑了。

弟弟被皮皮咬伤了，送到医院打了狂犬疫苗，身体渐渐地恢复了，没什么大碍，母亲总算松了一口气。

然而，就在新学期开学的第一天，同学们都在安静地听老师讲课，弟弟却突然咽肌痉挛，狂躁不止……

弟弟患了狂犬病，不久离开了人世。

有很多年，很多年，我和母亲都生活在悲伤之中……

## ◎ 偷听

我是一株植物，人们叫我田田，跟主人同姓，主人田老汉住在五常境内一个叫田美小镇的地方。

今晚，听主人说有贵客要来，我背着田老汉偷偷跑了出来。

田老汉和老伴满脸笑容，屋里屋外忙活不停。

趁客人未到，我躲进东屋客厅的一个安全角落。这时，田老汉手机响了，张乡长说客人到院了，主人赶紧出门迎接，待客人进了东屋落座。田老汉叫老伴酒菜上齐，又端来一锅大米饭。

我闻到满屋稻米香，心里乐开了花，但犹豫之后，嘴巴没敢出声。

"这是作家于老师——"

"这是种田大户田老汉——"

张乡长介绍完后，大伙互相问好，随后围在桌旁共进晚餐。

八荤八素，酒兴正酣。

张乡长眯着双眼，连干三杯小白烧后对于老师说："感谢作家光临我们小镇，这是我上任以来第一次接待作家，真是求之不得啊！"

我听了，不知道为什么，感觉鼻子有点儿酸。

"以前，种完自个儿家那点儿地，不是仨俩一伙，就是五六一群，除了闲扯，就是看牌打麻将。现在不同了，张乡长带领俺们与省农科院接洽，办了个合作社，市委已经决定把俺们这里定为示范村。俺老汉铆足了劲儿，没工夫去闲扯啦！"主人敬了大家一杯酒，就着酒劲儿道出了心里话。

我伸伸腰，竖起大拇指给主人点赞！

"我也是农民的孩子，今天来到田美小镇，就是'回家'喽……"于德北老师一仰脖，一大杯小白烧一饮而尽，随后诗兴大发：

注视稻田的苗壮成长
向金风借来巨大的音箱
录制所有初秋的喧响
在一只只银杯之上

我从北方再向北方
清晰地印证着时光
是稻米的灵魂滋润了我
赤裸的梦境，白发苍苍
……

我有点儿听"傻"了！

于老师继续说："我是个小说家，从不作诗，今晚'回家'高兴，算是胡诌吧！"

主人鼓掌，张乡长鼓掌，我也鼓掌！

……

此刻，掌声，酒杯声，声声入耳，把我从梦中惊醒。

一不小心，我变成了田美小镇的一株稻花香。

## ◎ 力量

　　风有点儿硬，被吹化了的积雪在村路上肆意流淌，路两边的蒿子梗不住地摇晃，树枝也发出了一种类似于猫头鹰的呜咽声。尽管如此，田蓉蓉还是能感觉到春天的气息已经近了，她甚至能闻到大甸子上的青稞，混合着喇叭花的香气在空中缭绕……

　　距离耿光明家已经不远了，田蓉蓉赶紧蹲在地上想把鞋上粘的泥点子擦掉，她在兜里掏摸了半天，把手绢掏了出来。她正在犹豫着要不要用它擦鞋的时候。耿光明不知什么时候已经站在她面前。

　　田蓉蓉有些不好意思地笑了，耿光明掏出一团废纸开始蹲在地上为田蓉蓉擦鞋。

　　田蓉蓉看着耿光明一张宽大的脸，神色有些忧虑地说："你真要当村主任啊？"

　　耿光明使劲儿地把粘了泥污的废纸团甩出去，但很快废纸团又被风吹了回来，耿光明只好把废纸团踩在脚下。他静静地看着田蓉蓉没有说话。

　　田蓉蓉说："光明，你知道我爸要面子，你要当了主任，他怎么办？"

　　耿光明说："他也该歇歇了，你也不看看这些年他都干了啥？"

　　田蓉蓉说："光明，不许你这么说我爸！"

　　耿光明还想解释，田蓉蓉说："你要真跟我爸抢这个主任，那咱们只有分手了。"

耿光明看着远去的田蓉蓉，漫无目地地在村路上走着，可不知不觉间已经来到了村委会门前。

他正在考虑要不要进去的时候，村主任田占奎出来了。耿光明忽然想到了冤家路窄这个词，便气定神闲地向田占奎凝视。田占奎瞄了一眼耿光明，不知为什么有些心虚。这两年他已经明显地觉察到这个转业兵在村里的气场，特别是一些小年轻总围在他身边起腻，对他言听计从。田占奎的威严正在一点一点地受到威胁，这已经是不争的事实。

田占奎在任已经八年，还不到五十岁，算不上太老。他享受惯了村民对他的服从和礼敬，他还没干够村主任这个官儿，更主要的是他不想输给耿光明。虽说他和自己的女儿田蓉蓉正在热恋中，只要自己点头，他马上就可以成为田家的女婿。

对这次选举田占奎做了大量的工作，而且已经和女儿谈过了，他是想通过女儿施压让耿光明悄悄退出。可他一看耿光明自信的目光，就知道女儿在这小子心里的分量远没有他想的那样重。

田占奎站在村委会门口审视着耿光明，意味深长地笑了，耿光明也跟着嘿嘿笑了。

田占奎说："都准备好了？"

耿光明点点头。

田占奎从兜里掏出一根烟点着了，说："你说你年纪轻轻的干点啥不好，为啥要跟我抢这个主任呢？"

耿光明说："叔你错了，我不存在跟你抢，我需要话语权，是想为老百姓说话。"

田占奎说："还话语权，你少搁这儿跟我转文，当官不听上级指示行吗？"

这次谈话让耿光明更加认定，他必须取代田占奎，让人民赋予村主任的权利重新回到人民手中。

一连几天田蓉蓉都没露面，耿光明还是天天去看五婶，并且给五婶按摩。他自从复员回乡知道五婶得了这个瘫病，便自己看书学会了按摩，现在五婶已经能扶着东西在屋里往前挪着走了。村里人一般都沾亲带故的，可五婶跟耿光明并没有一丝的血缘关系，他去帮五婶完全是出于自愿。田蓉蓉也正是看到这一点，才爱上耿光明的。

五婶说："我看蓉蓉怎么不高兴呢，是不是你惹她了？"

耿光明说："五婶，你知道要选村主任了。"

五婶说："我明白了，准是田占奎给蓉蓉下话了，拿她说事儿。"

耿光明说："蓉蓉即使不跟我，我也要当这个主任。"

五婶说："这就对了，自己认准的事儿一定要干到底，要不该后悔了！"

几天以后，村主任的选举在上级党委的监督下如期进行。有两只喜鹊在村子上空飞过去，不停地喳喳叫着。村街两边的杨树冒出了绿芽，春天说来就来了。

尽管耿光明对这次选举充满信心，可他还是因为一票之差落选了。

田蓉蓉正在给五婶按摩，五婶看着进屋的耿光明忽然笑了。耿光明说："五婶，我落选了。"

五婶说："我都知道了，你不就差一票吗？要是加上我呢？"

田蓉蓉说："还有我！"

耿光明先是一怔，继而一下把田蓉蓉紧紧抱住。

## ◎ 狼

我的头太疼了！我睁开眼睛感觉不仅头疼，接着是全身所有的骨节都在疼，好像喝了一场大酒醉了三天后醒来的那种感觉……忽然我听到了澎湃的海水声，我这才想起我可能是游船遇难的唯一的幸存者。

阳光照在荒岛上好像比在海面上热多了，虽然几步远便是金蛇乱舞的海水，可我依然能感觉热得难受。我用手使劲儿揉一下眼睛，想支撑着坐起来，可脑袋刚刚抬起又沉重地耷拉到地面，我浑身一点儿力气也没有了，只觉得头晕目眩，我再次昏迷过去。

等醒来的时候已经是星光满天，我忽然想到了我可爱的妻子和五岁的儿子，他们肯定在等我回家，可我还能回去吗？想到这儿我仰脸看了一眼辽阔的星空，似乎每一颗星星都在瞧着我。海浪的声音似乎比白天还大，也比白天好听。我用力地转动一下脖颈，想好好看看救我一命的荒岛，可我的眼睛分明看到一头狼，而且是一头雄性的狼。

它高昂着头，在星光下，在惊涛拍岸的荒岛上，显得特别高大也显得特别孤寂。我现在手无寸铁又无攻击力，对于一头雄性的狼来说，现在我就是它待宰的羔羊。

现在，时间的流逝对我无疑是一种折磨，我在等着它来吃我，可不知为什么它却迟迟不肯动口。我只好又睁开眼睛，发现它还在那儿站着。它距离我只有不到两步的距离，我能清晰地闻到来自它身上粗犷的野兽气息，它的目光一点儿也不凶狠，甚至还有些慈悲。我忽然发现它在看我，更确切地说是在研究我，它的样子看上去很安静，一点儿也不像一只凶恶的狼。

显然这是一只没见过世面的狼，它还不知道来自人类的威胁。那个夜里我一直在想，假如人不把狼当狼而是把它当成狗呢？那狼还是狼吗？我也知道自己的这种想法很荒唐，可我又忍不住要这样想。

这头狼很快成了我的朋友。当它第一次给我抓鱼吃的时候，我就知道它已经把我当成朋友了。幸亏我的火机还在，我随手划拉一些枯枝点着了。在熊熊的火光中狼警觉地跑出去很远，等烤鱼的香味渐渐弥散开来，它又悄悄地来到我身边。我把烤好的鱼放到地上，它一口把鱼叼到嘴里，和我一起吃起来。

这是个很大的荒岛，不但有很多的树种和野果，还有野鹿和兔子，但更让人满意的是这头狼帮助我找到了一个泉子。

我忽然觉得在这个世界上，没有什么比有水喝更让人快乐了，那天我守着泉眼喝了一个饱。

野兽的生存本领很大，这头狼不但能在岛上抓兔子、獾子等一些小动物，还能到海水里捕鱼。这下有吃有喝了，应该说我和狼都很开心。但我还是免不了想家，想我的部队，当然最想的是我的老婆和孩子。我有时候太寂寞了，便跟狼聊天，把自己的所想对着它说出来。我说，兄弟！这个岛子真的很好，你也很好，可是我终不能在这里和你待一辈子啊！狼本来是对着白浪滔天的大海，这时忽然转过身子神态安静地看着我，并且小声地猜猜叫着，发出一种类似于狗叫的声音。我知道它明白我的意思，它是在安慰我。

也许是天太热了，我得了疟疾一直在山洞里躺了好几天，狼也一直前腿蜷着趴在地上陪着我。从它焦虑的目光中我看出它的不安，它是真心把我当成它的朋友了，这让我特别感动……

　　我每天都到沙滩上去看海水，狼就跟在我身后，在日照下不断变换颜色的海水只能让我更加惆怅。夏天终于过去了，我等来了一只商船，狼站在岸上依依不舍地和我告别，我的眼睛也湿润了。

　　我回到岸上后，大家都不相信我还活着。接着是单位对我没完没了的审查，他们非得让我证明自己这段时间的去向，我说我从游船上落海后漂到了一个荒岛上，后来被一头狼救了。单位的审查人员对我说，你编故事能不能有点儿技术含量，都知道狼吃人，还没听说狼救人呢？

　　后来，单位的人把我关在一间屋子里，让我写交代材料。我觉得更加孤独，比在荒岛上还孤独。这让我经常想起那头狼。

　　单位的人见我写不出交代材料，便往关我的屋子里放进一只老虎。就在老虎张着血盆大口，要吞掉我头颅的时候，我被吓醒了。

　　我不知道自己为什么做了一个这样的长梦。梦里的一切当然都是虚无的，唯有妻子和我五岁的儿子是真实的。

　　在后来的很长时间里，我都忘不了梦里单位的人放进屋子里的那只老虎，我就想，人有时比狼更可怕。

## ◎ 纪念

　　这个小区挺大的，从东门出来，向左拐便是一条通向市里的高速公路。沿着这条路大约走两站地那么远，往左拐对面靠着小区迎面门市是一条宽阔的甬道。老吴的铁锅就支在甬道的北侧，距离小区北大门只有几步的距离。

　　一般人炒瓜子都用小铁锹，这样翻动起来的面积大，动作的频率也不用太快，省劲儿。但老吴用的不是铁锹，而是一把白铝铲子，可铲子无论怎么大，那也没法儿跟小铁锹比，所以老吴炒瓜子的时候，胳膊总在动，而且动的频率很高。

　　小区门口卖零食的还真有几家，有糖炒栗子、烤地瓜、烤苞米，一到冬天还有糖葫芦啥的。但只有老吴的炒瓜子卖得长远，只要人们想吃了不论啥季节，一出门准能闻到弥漫在空中的瓜子香。在日光的映射下，老吴的白铝铲子微微地泛着白光，而且在和铁锅摩擦的时候发出一种轻微的很好听的声音。你只要往铁锅跟前一站，老吴便会心领神会地把一包瓜子递给你，钱匣子在凳子上放着，你只要把钱放进去就行，老吴是从来不看的。瓜子都是新出锅的，还带着丝丝的热气，嗑在嘴里让你只觉得香。

　　唯一让人有些不方便的是老吴不用微信，尽管现在已经进入数字时代，但老吴还没学会使用那玩意儿。

　　大家都叫他老吴，从来也没听人叫过他的名字。他是从什么时候搬到这个小区的，没人知道。他为什么一个人住这儿，也没人能说得清楚。

这个小区已经很老了，很多最初住户都已经搬走了，可老吴依然住在这里。他就像小区院子里的一棵树，经历了风雨长了年轮，可根已经深深地扎在土里……

他离不开这个小区，因为他喜欢这里的环境。这里的环境能让他想起很多美好的往事，记得他刚来的时候老伴还在。那时候，他经常到小区外给老伴买瓜子，老伴喜欢嗑瓜子，可老吴不嗑。他只喜欢看老伴嗑，看他自己的日子在老伴的牙齿缝里缓缓流走。

老吴炒瓜子向来是现炒现卖，用老伴话说，瓜子一过宿浸油就不好吃了。如果要是哪天瓜子炒多了剩下几袋没卖了，老吴回家顺路便把瓜子送人，不要钱了。

大家都喜欢吃老吴的瓜子，特别是到冬天零食少了，老吴的铁锅跟前经常围着要买瓜子的人，这时候就有人建议老吴弄口大锅，省得这样零揪。老吴只是笑，啥也不说。

冬天的活儿好，顾客多，这是老吴最幸福的时光。当人们从他手里接过瓜子离去的时候，老吴的脸上始终挂着笑。

如果有哪个宅在家里的男孩或者女孩不愿意出来，老吴也送货上门，可你要是想多给钱，他肯定和你急。如果你要趁老吴不注意把钱塞兜里了，他立马就会把瓜子抢过来不卖了，这时你还得哄他。

在市内打工的儿子也经常来看老吴，他非常理解自己的父亲，他知道父亲有退休金，即使不炒瓜子也可以养活自己。父亲不差钱，他是想通过这样的一种方式去纪念母亲，给他自己找个念想。

老吴的瓜子都是自己去乡下亲选的，太小的不要，有虫眼的不要，瘪子也不要。可以说他收购的瓜子颗粒饱满，炒出来喷喷香的才能达到他预期的理想效果。

老吴越来越老了，走起路来已不像前几年那么利索了，可他依然还在小区门前坚守着。他总认为不仅是大家在嗑他的瓜子，他的老伴也在嗑。有那么几次他看着人家小女孩嗑瓜子，看着看着居然笑出了声，因为他分明看到老伴嗑瓜子的样子。这时，白铝铲子碰着铁锅发出很好听的声音，一只麻雀叽叽喳喳地叫着从低空飞过，老吴神情恍惚，忽然觉得好像又回到了从前时光。

这个冬天连着下了几天雪，老吴一直没有出摊儿，等人们发现的时候老吴已经去世了。送葬那天几乎整个小区的人都去了，儿子很悲伤，在料理完父亲的丧事以后，他发现屋里还有几袋瓜子没有炒完，他的眼泪忽然又流了出来……

儿子解开袋子用手抚摸着，他似乎看到父亲还走在小区的路上，而整个小区都飘着瓜子的香味儿……

那天早晨人们忽然发现，一口铁锅又支在小区门口，儿子晃动着白色的铲子在铁锅里快速地翻动着，那姿势居然和他的父亲一模一样。人们又都纷纷赶过来围在小区门口。

吃瓜子的人都说，小吴炒的瓜子比老吴的还香。

## ◎ 风景

秦柔柔这个名字很好听。我五叔虽然在镇上读了初中，可他身边的那些女同学，还没有谁的名字这样好听。

五叔听到秦柔柔的名字心里一动，他觉得好像一下子扑倒在春天的大草甸子上。柔软的细草绒绒地在他的脸上撩拨，麻酥酥痒痒的，让他只想去亲近自然，只想去和一个女孩好好坐在一起，说一会儿话。

现实中的秦柔柔颜值也蛮高的，她的额头饱满而且光润洁白。都在一个生产队干活儿，大家都在肆无忌惮地看秦柔柔，只有五叔漫不经心地看着远方。他觉得所有和审美无关的目光都是对这个城市女孩的亵渎。

据说秦柔柔的父亲是一所大学的著名教授，他有很多学生都当了官，有的已经到中央任职，可他还是带着女儿被下放到了我们这个村子。

秦柔柔不会干农活儿，后来被大队安排到了村里的小学。秦柔柔教书很认真，孩子们都喜欢听她讲课。她讲完课便教孩子们唱歌，没事儿的时候大家都去学校听歌，我五叔是去得最勤的一个。即使寒冬腊月大雪纷飞之时，五叔也总是挎个粪筐在学校前后逡巡。

他只想看秦柔柔一眼，如果正好秦柔柔出来了跟他打招呼，他便犹犹豫豫地凑上去，然后小心翼翼地回答秦柔柔提出的问题。

　　很多时候，秦柔柔不说话，只是看着眼前的田野发呆。一绺青丝在秦柔柔的额头上飘动，她清纯的目光带着少许的不易察觉的忧伤，看上去特别让人心疼。这时五叔觉得秦柔柔其实就是一幅画，而且还是没有着色的画⋯⋯

　　如果哪天没见秦柔柔，五叔的心里就发慌，好像吃的菜没放盐。那时候的五叔刚满十八岁，他朦朦胧胧觉得自己和秦柔柔之间是有距离的。

　　在五叔的心里，秦柔柔只是远方的一片风景。

　　在我们村子紧靠学校后身儿是一片苞米地，那年苞米长得非常好，还没到跟前大老远地就能闻到青苞米扑面而来的气味。学校放假了，五叔被队上安排看这片苞米。五叔没想到还能搁这儿看见秦柔柔，只见人影一闪，她已经来到苞米地头儿。五叔赶紧隐身在一棵树后，他想近距离地好好看看这位心里膜拜的女神。

　　秦柔柔用手漫不经心地拢了一下额际飘落的刘海儿，犹豫着悄悄走进苞米地，五叔心里一动皱起眉头，可不大一会儿她又从苞米地里出来了。

　　五叔不错眼珠地盯着，秦柔柔连续几次进苞米地又都出来了。很明显，她想吃苞米可又不敢动手。

　　眼看秦柔柔要走了，五叔只好现身，问她是不是要吃苞米，她连连摇头说不是，是她爸病了想吃。

　　五叔一狠心在地里掰了两穗青苞米，秦柔柔也没想到这事的严重性，所以谢了五叔把苞米拿走了。正好没几天公社干部到村里检查，发现这片地里少了两穗苞米，便把五叔带到公社让他交代问题。

　　秦柔柔听说五叔被抓当天便跑到公社，说苞米是她掰的，跟五叔没关系。后来村主任到公社说情，公社只好让他们每人写一份检查然后把两人放了。

　　当时外面正下着雨，五叔只好借了一把雨伞给秦柔柔。她接过雨伞看着五叔笑了。五叔说，你不该来！秦柔柔的笑容忽然凝在脸上，她把雨伞合拢了，然后说："我喜欢被雨淋的感觉。"

随着这件事在村里传播发酵，大家都说五叔是癞蛤蟆想吃天鹅肉。五叔只好跟秦柔柔解释，说他断没有这样的想法。秦柔柔说："你就是有这样的想法也正常，难道你不知道我喜欢你吗？"五叔有点儿不敢相信这是真的，在他确定秦柔柔没有撒谎以后，开始用手去揉眼睛。

五叔和秦柔柔这种关系算不算恋爱我不知道，后来她的父亲提前落实政策回了城里。秦柔柔临走的时候把一个红色的发卡送给了五叔，就再也没有回来过。

五叔一直三十出头了才结婚，那天夜里五叔喝了很多酒。他把秦柔柔留给他的发卡埋在了那片苞米地里，然后仰头望着辽阔的星空一脸眼泪。

## ◎ 病根

谁能告诉我，刘莉为何得了这个病？

有一天，我回到五常，本想陪父母聊聊天干些活儿。没料到，刚要起身，弟妹艳华回来了。

"二姐来了？"艳华边脱鞋边说。

"嗯，才下班啊。"我接过艳华买的菜，往厨房拎去。

"咱村的刘莉回来了！"艳华说。

"是吗？在哪儿呢？"我问。

"我听说她回来了，就去看她了。不过，没在五常，在万宝镇呢。"

"她现在咋样了？"

"咋样我说不好，正好我下午有空，带你去看看她吧。"

"好吧。"

吃完午饭，我和艳华出门了。

天灰蒙蒙的，寒风刺骨，冻得路人瑟瑟发抖。我的思绪，也随着寒风飘向了远方。

"二姐，快点走，22线公交车来了，去万宝镇的——"

车上的人很多，艳华挤在车中间，我跟在后面。

车里播放着《同桌的你》，我听着听着，备感亲切，禁不住想起20年前的往事。

那年冬天，即将高考，我和刘莉是同桌。她个子不高，身材苗条，

119

长着一对月牙似的眼睛，谁看了都不会轻易忘记的。

刘莉聪明好学。每当夜幕降临或晨曦初露，教室里总是少不了她的倩影。

我俩朝夕相处，一起学习，一起吃饭，一起睡觉，但学习成绩却是相差甚远！我心里不服，和她较劲儿。为了节省时间，我除了起早贪黑苦学外，还穿着棉衣睡觉，生怕耽误工夫被她落下。

刘莉知道后，不但不嫉妒，还主动帮我讲解难题。

高考结束后，她是唯一考上北京大学的女生。

"二姐，万宝镇到了。"艳华拉了一下我的衣襟。

"嗯，往前走吧。"我说。

我们下了车。这时，天晴了一些，似乎不那么冷了。

我们沿着一条小路，拐了一个弯，又走了大约两站地的路程。我的思绪又回到了刘莉的身上。

"二姐，到了。"艳华指着前面的一幢小楼。

我抬头一看，几个大字映入眼帘：情思看管所。

"怎么把我往这里领呀？"我有些费解。

此刻，二楼玻璃窗旁站着一个朦胧的身影，就像一尊雕塑一动不动的，正在向外凝望。

"二姐，进屋吧。"

我走进了小楼，艳华带我去找所长了。

我的心紧缩一团，"嘣嘣"跳得飞快。

"二姐，所长在这屋。"

我敲门进屋了。寒暄后，我直截了当地问起刘莉的近况。

"刘莉来这儿多久了？"我问。

"快一年了。"所长说。

"谁送她来的？"我又问。

"是她妹妹。"所长说。

"刘莉刚来时，啥样？"

"很不好，她就是个疯子，整天张牙舞爪、大吵大闹的，骂人打人摔东西。我给她安排一个屋，找特护伺候。"

"她现在呢？"

"好多了，能和别人安全相处，生活能自理。只是偶尔好反常，一阵好，一阵坏的。"

"她经常好说些什么？"

"盼丈夫接她回家。"

"她咋得的精神病？"

"她的病因我不清楚。来这儿后，从她的唠叨中我听出了一些故事。她有一个恋人，是她的大学同学，当他们想要结婚时却突然分手了。后来，她结了两次婚。第一个丈夫犯事了，在监狱服刑，他们离了。第二个丈夫把她甩了，重新成家了。她说等丈夫来接她，天天都在盼呢。"

"家人来看过她吗？"

"没有。"

"我是她的高中同学，能进她的房间，看看她吗？"

"可以。"

我们来到了刘莉的房间，一个头发半白、扎着小辫子、长着月牙眼睛安静地坐在床边的女人，乍看和正常人一样，她热情地让座，所长说了几句话就走了。

"还认识我吗？"我问。

"呀，是亚娟哪！"刘莉说。

"嗯，是我！"我眼泪"唰"地掉了下来。

"你是我的同桌啊，你咋来了呢？"刘莉问。

"我来五常探亲，过来看看你。"

刘莉有点儿反常了，她突然瞪着月牙眼睛一直注视着我，又看了看艳华，脑门冒着汗珠，抓住了我的胳膊喊了起来。

"我没病，我没病，你快点儿带我出去，我要见我的丈夫——"

她声嘶力竭地嚷着，眼神充满了忧伤和无奈；她的举动吓了我一跳，艳华急忙过来要拉走她，站在一边的女护士也要拉她，却被我制止了。

刘莉把我拽到窗前，用手往前一指："你看——你快看——我丈夫来了——哈哈哈——"

霎时，她的神情又恢复"雕塑"的样子了。

我的心好痛，像被什么东西撕扯似的。

我和艳华离开了。

天又暗了下来，寒风凛冽，浮云四起。

我心存疑惑：刘莉疯了，病根在哪里呢？

## ◎ 亲情秤

"我终于离婚了。"刘萍自己默念着。

刘萍有个女儿,名叫刘珊。刘珊打小就乖巧懂事,上学后对学习更是上心。为此,刘萍再苦再累,心里也亮堂。

胖姐是刘萍的闺蜜,也是她的邻居。刘萍的事就是胖姐的事。胖姐不光嘴上这么说,而是动真格的。

胖姐看到刘萍孤身一人,起早贪黑上货卖货,一个人着实不易。这样下去哪能行?胖姐就发挥自己能说会道的长处,没少给刘萍牵线搭桥。

刘萍心思重,经历了失败婚姻,不想重蹈覆辙,所以多次谢绝胖姐的好意。

谢绝归谢绝,胖姐仍继续帮刘萍介绍。刘萍拗不过胖姐,只好听从胖姐的安排看了几个对象,但都不合适黄了。直到夏老五出现,刘萍才动了芳心。

夏老五有过一次婚史,媳妇中年病逝,撇下个丫头名叫夏兰。夏兰早已成家立业。

夏老五就一人,轻手利脚,轻重活都能干。

刘萍和夏老五相处半年,两人都觉得对脾气合得来就结婚了。他俩心往一块使,劲儿往一块拧,日子过得和和美美。

翌年,刘萍生了个"千金",夫妻俩乐得合不拢嘴,但给娃起啥名，两口子犯了难。夏老五说："媳妇，你脑瓜灵，你起名吧。"

刘萍沉思了一下："我们的日子'甜甜蜜蜜'，就叫夏甜甜吧。"

夏老五听了："中，这个名，招人稀罕。"

光阴似箭，转眼甜甜要上学了，她小嘴一咧，高兴地说："我要向珊珊姐学习，考上大学以后挣大钱！"

夏老五满脸堆笑："看看咱娃，多有出息呀！"

美好的时光总是短暂的，一次，夏老五在上货返回时感到浑身无力，右腹疼痛难忍，咬着牙跌跌撞撞走进屋。

刘萍见状，急忙拨打了120。

夏老五被送到医院，经过一系列检查医生告诉刘萍："夏老五得了肝癌，癌细胞已经扩散，顶多能活两个月。"刘萍听了，如惊天霹雳，不知所措。她捂住了脸，起身跑到了门外，号啕大哭。

她不明白，自己的命怎么这么苦呢？前夫好吃懒做，喝酒耍钱样样都沾，好不容易离了婚，嫁给了夏老五，没过上几年消停日子，老五却偏偏……

这时，刘萍脑海里突然想起了什么，她咬咬牙擦擦泪，迈着沉重的脚步回到了夏老五身边。

刘萍强装笑颜："你的老胃病犯了，医生说得住院治疗。"老夏看了看刘萍："嗯，我知道。"

刘萍安顿好老夏，拿水壶去打水了。她想：人的命天注定，接受现实吧，放下该放下的，做好该做的。

一个月后，刘萍为夏老五治病花光了手里的八万块钱现金，又向亲朋好友借了五万块钱。最终，三套动迁房算是完好无损地保住了。

在夏老五弥留之际，刘萍把刘珊、夏兰、夏甜甜叫到夏老五的床前，当着夏老五的面把三套动迁房分给了三个孩子。而自己留下水果摊位和一台大货车。

三个孩子和父亲母亲，紧紧地抱在一起。

夏老五脸上是带着笑容离开这个世界的。

## 夏青生命里的六十分钟

夏青生命里的六十分钟 / 绝望 / 走向 / 重生 / 母亲 /
瓜味儿 / 平衡 / 老柏 / 老大 / 智慧

---

　　一个叫夏青的 17 岁男孩，疯了似的往家里跑。

　　此时，夜色正浓，星光密布，这是个浪漫美妙的夜晚。

　　夏青跑着、跑着，脑海里蹦出的都是晓晓说的那句话。
他想不明白，接受不了，眼里噙着泪花。

## ◎ 夏青生命里的六十分钟

一个叫夏青的 17 岁男孩，疯了似的往家里跑。

此时，夜色正浓，星光密布，这是个浪漫美妙的夜晚。

夏青跑着、跑着，脑海里蹦出的都是晓晓说的那句话。他想不明白，接受不了，眼里噙着泪花。

就在这个当口儿，眼前闪过一道光亮，箭一般的轿车将他撞倒在路旁……

十分钟前——

夏青躺在教室最后排拼凑的椅子上，似睡非睡地期待着晓晓的开门声。

夏青想着，向往着，心里便如桃花一朵，灿烂奔放。

忽然，门锁"哗啦哗啦"响起来，他的心"怦怦"直跳，一时乱了方寸，不知如何是好。

等晓晓推门进屋打开灯后，他怯怯地说："对不起，你别害怕，我昨晚没回寝室——"

晓晓迟疑了片晌，望着坐在椅子上的夏青诧异地问："咋是你，为啥没回寝室？"

夏青好像换了个人，没了往日的傲慢，像犯了错误的小男孩。他嗫嗫嚅嚅地说："其实，我没回寝室，是为了你？"

晓晓不敢相信自己的耳朵，她又问："啥？为了我？"

　　夏青红着脸颊，瞅着地面，难为情地说："我，我……我想让你做我一辈子的'小妹妹'，行吗？"

　　晓晓还没从惊吓中完全解脱出来，随口蹦出了几个字："不，绝对不行。"

　　夏青听了，仿佛五雷轰顶，没再吱声。

　　一会儿，他站起身，大步流星地走到门前，推门飞奔离去。

　　二十分钟前——

　　晓晓是复读生，物理相对薄弱，她为了早点儿起来抠物理题，主动负责开教室门。

　　那天夜里，晓晓正在酣睡，她家的大黄狗不知是发现了什么特别的动静，一个劲儿地汪汪叫。她睡眼惺忪地爬出被窝，穿好衣服背上书包，匆匆奔教室去了。

　　晓晓走到教室门前，掏出钥匙插进锁芯里，一拧又一拧，开开了门，走到她的座位旁边，又习惯性地伸手摁了一下墙上的开关，打开了灯。

　　刚放下书包，就听见后面"吱咯吱咯"的响声，晓晓的心一下子提到了嗓子眼。

　　呀，是不是老鼠？天哪，她最怕老鼠了，不敢回头往后瞅。

　　此刻陪伴她的，仍是沉默的黑板和桌椅。她的腿直打战，呼吸随之加快，额头上直冒冷汗。她竟然不敢去擦，杵在那儿，不敢轻举妄动，害怕惊动那只老鼠，唯恐那只老鼠窜过来。

　　晓晓害怕极了，默默地承受恐惧，找不到一丝抚慰。

　　在这紧张的当口儿，她的耳畔突然响起了说话声。

　　晓晓听出来了，说话的人是模拟考试名列前茅的夏青。

　　听到这熟悉的声音，她却一下子瘫倒在座位上。

　　她又喜又恨，赌气没回头，气哼哼地喊："哎呀妈呀，吓死我了？！"

　　"我，我、我，其实——"夏青平时说话侃侃而谈，今个儿是

128

怎么了。

晓晓不理他，仍在赌气，手摁住了胸口。

"晓晓，我想和你说句话，给我几分钟，可以吗？"

晓晓仍在赌气……

三十分钟前——

倘若那天不是那样。

事实上，晓晓心里并不讨厌夏青，恰恰相反，她还暗暗地钦佩他是物理课代表呢。

只不过她当时真的是被吓坏了，心情不好赌气而已。

倘若是换了一个情景，说不定晓晓会答应夏青的请求，或者即使是拒绝，兴许也不会是这个样子。

人生啊，有时候真是无奈，只有残酷的现实，没有丁点儿的假如！

## ◎ 绝望

男人看山。山太大了，男人从一片林子走到另一片林子有时候需要半天的时间。男人肩上背着一杆老掉牙的猎枪，走在蒿草丛生的林子里，即使看到兔子山鸡什么的，他也忍着，来到山上也有十几年了，男人还没开过枪。

树木的枝叶太密实了，男人仰脸费好大的劲儿才看到一线天光。这时一只松鼠在树干上吱吱地叫着上下蹿动，那娇憨的模样挺可爱的，这让他一下子想起老婆活着时候的样子。

男人心里痛，想早点儿回家，喝一口。女人就是在这个时候出现的，在男人想起自己死去老婆的时候出现在他的视野里。准确地说，是男人在要接近木刻楞的时候听到女人挣扎的声音。

男人从树上救下女人，然后把她扶到自己的屋里。女人吊上的时间不长，等缓过来了便埋怨男人不该救自己。男人说："我能见死不救吗？你就是一只小猫小狗那也是一条命啊！"至于她为啥上吊，男人不问，女人也没说。

天眼看要黑了，女人狠狠地盯着男人，真想给男人一巴掌。可男人一点儿也不顾她的情绪。从壶里倒出半碗水递给女人，示意她喝。女人还真渴了，据说上吊没死的人都渴，原因是他们走了很远的路，寿禄没尽又让阎王爷打发回来了。女人喝了半碗水，用手擦了一下嘴唇，什么也没说开始给男人做饭。看着女人在屋里忙碌，男人忽然觉得自己的老婆又回来了。

在喝酒的时候，女人拿目光总盯着男人看，确切地说是看男人酒碗里剩下的酒。直到男人把酒喝光了，女人才长长地嘘了一口气。

女人收拾完了碗筷想走，可外边太黑了，男人一眼看穿他的心思，说："你放心，山里有狼，但我不是狼。"

男人说完话，把床让给女人，抱着自己的被子走到锅台跟前铺上木板躺下了。星光透过窗子飘进来，柔柔地洒在女人床前，女人双手环抱着双臂，想着睡在锅台跟前的男人连衣服也没脱。直觉告诉她，这个男人是可以信赖了，但她一宿还是没有睡着。

男人在山上转悠一天回来女人还没走，男人疑惑地看着女人没吱声，女人正撸起胳膊给男人洗衣服，白白的手臂在水盆上来回晃动。

男人说："这些活儿我会干！"

女人说："是不是想撵我走啊？"

男人沉吟一下说："你要想住就住，我又不差一人的碗筷。"

女人看着男人憨憨的样子扑哧一声笑了，然后把衣服搭在屋里，开始做饭。连着几天女人都没走，男人也习惯了，夜里在锅台跟前把被子铺好睡觉。女人躺在床上也把衣服脱了，她开始想这个男人，想他救了自己而又不去揭自己的伤疤，想他同在一室却又不搭理她。慢慢地女人开始埋怨男人，在半夜的时候把男人叫醒了。

男人看着女人半裸的身子什么都明白了，虽然他已经几年没碰女人了，可他还是拒绝了女人。男人说："我知道你的心思，你是觉得欠我的，可也不能这样还账啊？"

女人怔怔地看着男人忽然哇的一声哭了，男人赶紧去安慰女人。女人哽咽着说："我那个死鬼男人要有你一半好，我也不用上吊了。"

女人就住在山那边，男人原来是个赌鬼，天天赌钱，赌输了就打她。

女人说完了哭声更大了，男人只好拿一件衣服给她披上，然后在旁边看着她哭。女人哭够了用手抹着泪说："我不想回去了。"

男人疑惑地看着女人一时没明白啥意思。女人说："傻啊！我想跟你过。"男人说："这可不行，你有丈夫有孩子的怎么能跟我呢？"

女人说："我现在啥也不要，只要你。"

男人着实也挺感动的，可他还是说不行。女人忽然扑在男人的怀里说："那我回去让他休了我，这总行了吧！"

男人没话说了，女人走的时候给男人蒸了很多馒头，告诉男人她很快就回来。经过这些天相处，男人对女人也有了感情，他背着猎枪跟在女人身后，一直把女人送到去山那边的山坡上。

女人再一次扑进男人怀里，摸着男人肩上的猎枪说："我还没看你放枪呢！"

时间过得太快了，好像一觉醒来还没等再闭眼睛，男人已经把女人蒸的馒头吃完了，可女人并没有回来。男人忽然觉得这个女人本来就该是他的女人。他心里想着女人，便按照女人留的地址找到山那边的村子。

到了那边的村子，男人得知女人回家后提出让丈夫休了她，可赌鬼丈夫根本不同意，还狠狠地打她。她终于忍无可忍，趁赌鬼丈夫喝醉的时候把他杀了，然后自己也上吊自杀了。

男人听到这个消息伤心欲绝。

回来的路上，男人忽然对着莽莽苍苍的大山放了一枪，成百上千的鸟儿被惊飞，翻翻滚滚地在天空盘旋，好像被风撕碎的云片罩在男人头顶。

## ◎ 走向

　　葛兵是这个村考上的第一个大学生，村里年轻人都羡慕葛兵。在他上学走的时候，半个村子的人都到村外的道口去送他。葛兵很感动，眼窝儿湿湿的好悬没掉泪。

　　小艾也来了，可她却远远地站在一棵树下藏了身影。葛兵没看见小艾，他以为小艾不能来了，所以和大家道别后匆匆地走了。

　　小艾喜欢葛兵，可现在葛兵上大学了，好像有一堵墙忽然横在他们中间。小艾知道所有的憧憬都随着葛兵远去的车轮被碾碎了。在以后的岁月里，葛兵只能是自己藏在心里的风景了。

　　但世事难料，一年以后，本来有着大好前程的葛兵，却因为得了白血病休学了。小艾听到这个消息，心里先是一震，接着就去用手擦泪⋯⋯可眼泪还是不可抑制地流了出来，怎么也擦不完。

　　葛兵和走的时候一样，目光还是那样清澈，只是瘦了，脸上好像涂着一层暗灰的粉末。葛兵知道自己这个病的结果，所以早有心理准备。他对小艾沮丧地说，你还来干什么？

　　其实，在这一年里，葛兵曾经写过两封信，他告诉小艾，他知道她喜欢他，而他也喜欢她。可小艾一直没有回信，葛兵也知道他和小艾是不会有结果了，但他心里还是惦记着小艾。这就像天上有一块很大的乌云，黑压压地在头顶罩着，看着是要下雨了，可雨一直也没下来，这让葛兵的心里很压抑。

葛兵也不想责问小艾，为什么不回信，因为最后他也不能娶她。得病后葛兵想，现在的结果也许是最好的结果。

小艾在葛家待了很长的时间，为了逗葛兵开心，她给葛兵讲了好多好多的笑话，葛兵也笑了，但笑里藏着许多苦涩。

葛兵家很困难，负担不起他的医疗费用。他到医院采用化学治疗不到半年，已经花光了家里的全部积蓄。小艾心疼他，她把自己攒的私房钱拿了出来。葛兵说："我这个病别说没钱，即使有钱也没用，你还是给自己留着买嫁妆吧！"

那天小艾坐在葛兵的对面很忧伤，她看着葛兵半天才说："真治不好了？"

葛兵点点头。小艾说："可我不能让你就这么挺着啊？"

葛兵忽然抓住小艾的手说："小艾，我对不住你！"

小艾说："是我没回你的信，你有啥对不住我的？"

葛兵说："其实你即使回信了又能怎样？你也看出来了，我给你写信是应付你，怕你太伤心，可要说咱们将来在一起……我还真没有想好。"

小艾神色困惑地看着葛兵问："你不爱我？"

葛兵说："爱不爱我也说不清楚。"

小艾又问："那是什么？"

葛兵说："现在说这些已经没有意义了。"

自从葛兵回来以后，小艾几乎每天都来葛家看他，她也不顾村里人的流言蜚语和父母的反对。她内心里只想让葛兵好起来，尽快返回学校读书。可自从听了葛兵那番表白之后，小艾沉默了，然后哭了……她本来以为葛兵是爱她的，她才没回他信，现在看来一切都不像自己想得那样美好。

但善良的小艾还是跟葛兵说，她要进城打工赚钱，然后回来给他治病。葛兵摇着头苦笑。

小艾的妹妹小芹在姐姐走后，开始去照顾葛兵。她说这是姐姐的嘱托，让她腾出时间多陪陪他。

葛兵说："小艾也是，自己还不够又把你搭上了。"

小芹和姐姐的性格截然相反，一天大大咧咧不管不顾的，有时候一个不注意，就把葛兵的药碗碰翻了，药汁把被子弄脏了，她还搁那儿一个人呵呵地笑。葛兵开始还跟着笑，后来便沉默了。他开始想小艾，想到心痛，想到经常忘记吃药。这时候小芹就说："你想她干啥，该回来的时候自然就回来了。"

葛兵伤感地说："小艾也许不会回来了。"

小芹说："她那么喜欢你，怎么会呢？会回来的。"

葛兵就不跟小芹说话了，闭上眼睛。小芹不会唱歌，一张嘴准跑调儿，可她偏偏喜欢给葛兵唱歌。葛兵最后只好说："你能不折磨我吗？"

那天小芹特意给葛兵做了一碗蘑菇汤，她也不知道听谁说的，这玩意儿补血。看着葛兵很愉快地把汤喝完了，小芹以为葛兵喜欢，便连着半个月天天给葛兵煲蘑菇汤。

后来，葛兵的病越来越重了，一张脸苍白得已经没有一丝血色，至于他的父母也只剩下长吁短叹了。

又是半年的时光过去了，小艾走的时候刚刚开春，路上积雪片片，但现在大地里已经满眼橘黄。葛兵还是离开了这个世界，小艾虽说没回来，但小芹一直守在他身边。葛兵临去世时，曾对小芹说，他想看小艾一眼。

小芹握着葛兵的手说："你现在就把我当成她吧！"

说完这句话，在场的人都哭了。

其实，小艾进城后，外面的世界把她弄得眼花缭乱，小小年纪嫁给了一个大她二十多岁的有钱人。

这件事大家都知道，唯独瞒着葛兵。

## ◎ 重生

透过铁门纵横交错的孔洞，高博文只能看见走廊寂寥地向两侧延伸。一到下午，走廊上一个人也看不见，他不知道除了自己这间，这座监狱还有多少间牢房。其实，他也不想知道，这些跟他又有什么关系呢？

屋子里只有一张床和一台电视，电视被挂在墙壁高处，即使最好的跳高运动员怕是也够不到。高博文可以坐着，或者侧着身子看，遥控器就握在手里，他想看哪个台随意调。据管教说这是其他监室犯人没有的待遇。

高博文不想要这样的待遇，他现在已经是罪人，不想搞特殊化。可管教却说，这是上面领导的意思又不是他们的意思。言外之意如果监狱说了算，早就把高博文塞大屋子去了，一个贪官搁这儿装啥清高啊！即使管教不说话，高博文也能从他们的神色中看出，对自己的冷漠和排斥。高博文只有苦笑。他现在说和不说一样，他的话语权已经随着权力的消失而消失了。

十年零六个月的刑期太漫长了，他也懒得计算时间，他恨不能所有的白天和黑夜都连在一起，混混沌沌稀里糊涂地赶紧过去。

他最怕的就是父亲来看他，当了一辈子小学老师的父亲刚年过花甲，可已然腰弯背驼浑身是病了，而母亲也因为他进监狱提前走了。和国家对自己的多年培养相比，他觉得更对不起自己的父母。

高博文怕看父亲的目光，怕看父亲目光里的自责和对他的关心。虽然事情已经过去两年多了，他还记得他的刑期被判下来那天，父亲第一次到监狱来看他的情景，他不想见父亲，自己无法承受内心的愧疚。高博文把他的意思跟管教说了，管教也跟他父亲说了。但父亲不走，他说高博文无论是当市长还是进监狱，都是他的儿子。在这世上只有儿子遗弃父亲，哪有父亲遗弃儿子的？

高博文心痛，真想狠狠揍自己一顿。父亲特意给他带来一罐亲手做的酱炖泥鳅，这是高博文小时候最爱吃的一道菜。记得每年过生日的时候，不论父亲有多忙，都会亲手做给他吃。高博文隔着玻璃抄起电话声音哽咽，他想说一声对不起，可半天也没说出来。父亲说，爸知道你要说啥，但现在事情已经这样了，再说啥都晚了……末了父亲说，你以后日子还长，一定好好改造自己，爸等你出来！

已经四十多岁了，但在父亲眼里他依然还是孩子，这从父亲说话的口气中高博文完全能够感受得到。父亲走后，高博文的心情一直不好。因为父亲苍老负重的身影总在他眼前晃。他不想见父亲，尽管他已经和父亲说了，再不要来看他。但父亲还是每个月必来一次。

高博文只好跟管教提出，要转到外省监狱去服刑，他的这个无理要求自然被驳回了。父亲依然在规定的会见日来看他，依然给他带一罐酱炖泥鳅。倒是高博文的妻子只来过一回，他说以后不用来了，她就不来了。高博文很难受，他没想到十几年的夫妻之情仿佛一夜之间说没便没了……

大学毕业的时候，高博文本来有两个去处：既可以到师专教学，也可以到市委组织部。他回家征求父亲的意见，父亲说："我当然希望你子承父业，也成为一名教师。"高博文看着父亲半天也没吱声，其实他早想好了，说是回来征求父亲意见，只为走个过场。父亲说："既然你想当官我也不拦你，但你千万别让我失望啊！"

高博文只好向父亲保证，他要当一个好官，当一个海瑞和包公那样的官儿。父亲苦涩地笑，然后神色严肃地说："要我看官场就

是一个染缸，即使你不想跳进去，别人跳进去也得溅你一身！"

这句话还真被父亲不幸言中，高博文开始也想当个好官，要不他也不能升得这么快。可自从当上副市长以后，外来的诱惑实在太大了，无论是办公室还是其他的一些场所，都铺着一层厚厚的金粉，你无论怎么小心，到后来金粉还是染在你身上……

对这个问题，民间有一种最合理的解释，是猫哪有不沾腥的。可高博文是党培养多年的副厅级干部，毕竟不是猫，而官场也不是民间，所以他的落马只能说是咎由自取。

父亲的背更弯了，他到监狱一共来了一百零八次，这让高博文忽然想起水泊梁山的一百单八将，宋江打完方腊虽说死了很多兄弟，可毕竟是载誉而归。而他呢，进来的时候是犯人，出去的时候是被释放的犯人，所不同的是他又可以回家去看自己的父亲了。

……

妹妹见到哥哥哇的一声哭了……高博文知道他再也见不到父亲了。

父亲坟上的土还是新的，一些镂空的纸钱圆圆的，凌乱不堪地散落在坟头。虽然已到了春天，但高博文还是觉得心里发冷，他什么也不想说，便跪在地上磕了一百零八个响头。他的脑袋碰在坚硬的沙砾上流了很多血，他已经忘记疼了。他觉得父亲既然选择了一百零八次这个数字，那他必须跟上。只有这样，他才能再活一次。

## ◎ 母亲

父亲去世后，我把母亲接到城里。

母亲平时话少，现在话更少了。每天吃完晚饭老公和女儿妈妈在客厅看电视，我便进母亲的房间陪她聊天。可母亲只是看着我，啥也不说。

从母亲的目光里看出了她对我的关心，她的目光里不仅有暖也有担忧。我知道她是怕我工作太累了影响身体。我只好跟小姑娘似的依偎到她跟前说："妈，我没事儿，身体好着呢！"

母亲拉住我的手，深情地看着我。

这让我想起小时候，在学校被男孩子欺负了，母亲也是这样拉着我的手深情地看着我，好像是她只要这么一看，我的仇就报了，委屈也没了。

每天我都到母亲的房间坐一会儿。她也许实在没啥说的，也许觉得说与不说都一个样。其实我也不是非得要听母亲说什么，主要是想和母亲离得近点儿，感受一下她的呼吸，闻一下她身上还没散尽的田野气息。

当我的手被母亲拉着，有时候，我会觉得又回了乡下，回到了童年……燕子正从母亲留着的窗孔里来回地穿梭，给窝里的雏燕送食儿。而母亲也在灶上忙碌着给一家人做饭……那真是人生最幸福的时光，母亲的脸被灶膛里的火映得通红，看上去特别生动，以至于在我上大学离开母亲的那些年，这个画面总在我的梦里出现……

母亲一生勤劳惯了，所以早晨总是第一个起来。母亲从乡下来的时候带了很多的玉米面，她熬的玉米面粥也的确很好喝，可时间长了，大家还是喝够了。我只好委婉地跟母亲说，最好换点别的粥喝，母亲当时看着我的目光有些陌生。直到大家吃完了，母亲才说，人这辈子该享多少福那是有定数的，等你把好的都吃完了，以后的日子怎么过？

老公看着我说，想不到咱妈还是一个哲学家！这话说的在理儿。有了老公的鼓励，母亲的早餐照旧是玉米面粥。

有一天，老公在商场给母亲买了一件进口面料的外衣，花了三千多元。可母亲说啥也不要，非得让他把衣服退了。我只好说："大商场的衣服是不能退的，你要不喜欢等将来回乡下串门送人吧！"

母亲双手抻着衣服看了半天，我看得出她喜欢这件衣服，她是因为心疼钱，才让退掉衣服。在穿戴上母亲有一句最经典的话，意思说衣服是穿给自己看的，又不是穿给别人看的。那言外之意是既然和自己有关，花那么多钱干吗？

母亲的这个观点颠覆了以往的传统理念，应该说是一种美德，但关键是现在富裕了，都想穿得舒服一点儿好一点儿，所以我和老公就想改变母亲，经常给她买一些衣服鞋之类的，后来我们也学聪明了，事先就把衣服上的价格标签撕了，只说是路边小摊儿买的，不值钱。

母亲信了，把我们买的衣服都叠好放在柜子里，还是经常穿从乡下带来的衣服。她一生简朴惯了，用她的话说还是旧的好，穿着舒服，老公看着我无奈地摇头。我们是让她来城里享福的，原本是想请一个保姆，可她说什么也不干。这样，我和老公晚上回家便抢着做饭，生怕她伸手。

母亲一天没啥事儿做，窝在楼上我怕窝出病来，便和老公商量把她介绍给小区的几位大妈，请她们出去活动的时候喊母亲一声。

这个主意不错，母亲刚开始积极性还蛮高的，一吃完晚饭就走了。可过一段时间她又不动了。

我问母亲："和她们一起跳跳广场舞不是挺好吗？"母亲说："是挺好，可她们跳得也太快了，我跟不上趟儿。"

那天晚上我和老公看电视，我家乡所在的地区发生水灾，正好母亲也在看。她一再问我们的村子怎么样？我说："您放心！灾区离咱村远着呢。"

母亲开始忧心忡忡，吃饭的时候也一副失魂落魄的样子。我知道母亲惦记老家，还有那两间没有卖出去的房子。但谁也没想到，第二天，母亲带着那些没上身的衣服，居然和我们不辞而别。

我便和单位告假，迅速赶回老家。

老家的房子还和过去一样，没什么破损，小园里已经被邻居种上了青菜。母亲的怀里抱着邻家的一只猫，竟然坐在门前睡着了。我悄悄地走过去，这时一只燕子叫了一声，从窗户孔里钻屋里去了。

母亲醒了，她静静地看着我，然后向我招手，我坐到了母亲跟前。母亲啥也没说，她从衣袋里拿出一个木质发黄的梳子，我知道她这是要给我梳头，便把脑袋又往她跟前凑了凑。

梳子在我头顶轻轻地走着，好像在计算我跟母亲一起走过的岁月，我只觉得心里疼得慌，赶紧仰脸去看母亲，正好母亲也一脸笑容地看着我。

我赶紧说："妈……"

回到屋里后，母亲指着炕上她从城里拿回来的那些新衣服说："丫头，妈求你个事儿，把它送给灾区吧！"

## ◎ 瓜味儿

二峰在省城打拼多年，已是一家不大不小的公司经理。他吃啊喝啊穿的都不怎么讲究，唯独喜欢吃水果，尤其是香瓜。

二峰的家乡盛产香瓜，远近闻名。每到香瓜上市的时候，他的发小大成便亲自到省城给他送瓜，开始的时候自己也没车，大成就把香瓜用花筐装了，上边盖上一层青蒿和杂草。乘客虽然看不见里面装的是啥，但却能闻到瓜味儿。

二峰也不客气，看大成一人把香瓜搬到客厅，便着急忙慌地从花筐里摸出一瓜，然后随便搁裤子上蹭两下就吃上了。大成看着二峰，直到二峰把一个瓜吃得只剩下一个瓜蒂，才嘿嘿笑了。

二峰说："你怎么不吃啊？"

大成说："看你吃呢！"

二峰吃够了香瓜，带大成去吃饭。

大成的饭量很大，吃得也香，这时候该轮到二峰看大成吃了。一般情况二峰都留大成住上一晚，大成要是实在太忙了，二峰也不强留。

在送大成上车的时候，大成总要把花筐带上，要是忘了二峰就提醒他。每到这时大成便嘿嘿笑着说："留着来年我还搁它给你送瓜。"

其实这句话还有另外一层的意思，那就是现在农村都自己种地了，编一个筐费时间，与其扔了还不如顺手捎回去下次再用。

这些二峰当然知道，所以他啥也不说，在花筐里装几瓶地产酒，算是哥们儿的一点儿心意。要是装茅台和五粮液啥的好酒，大成就用手挡着，然后不满地看着二峰，那意思是说，我一个乡下人又喝不出好赖，这不糟蹋了吗？

按理儿说，两人从小一起光屁股长大，好长时间没见面了肯定有聊不完的话，可偏偏两人都不愿意说话，都拿目光盯着对方，累了，便一起躺在一张床上看着棚顶各想各的心事。

二峰的老家离省城要是火车只有三站地，大约不到二百里的车程，按理说踩两下油门就到了。可二峰因为忙，或是一些说不清的原因，已经有两年没回了。

他本来计划着今年夏季瓜秋儿的时候回去，好好待两天，顺便和大成聚聚。可公司新上一个项目，他又是考察又是跑市场的，等忙完这些瓜秋儿只剩下一个尾巴了，这会儿他才想起大成今年没来送瓜。

二峰赶紧给大成打电话，说他不讲究。大成说："你还说我，这一跨子远，你为啥不能回来看看。"二峰没话说了，心想："是啊，我为啥不能回去看看？什么忙啊没时间啊！通通都是借口。"

二峰开始给大成准备礼物，把一个后备厢都塞满了，直到实在装不进去了，才把车开走。

大成两只腿蜷在炕上，脸色灰暗地看着进屋的二峰没说话。二峰也不怪他，把东西倒腾下来拿进屋，坐在了大成身边。

二峰说："你病了怎么不早说？"

大成神色黯然地说："我这老寒腿又不是一天两天了，跟你说又有啥用？"

二峰说："你这是不把我当兄弟啊！"

大成说："你小子少搁这儿胳肢我……我本来都把瓜装筐里了，可这腿就是不听使唤了。"

二峰嘿嘿一笑盘腿坐在炕上，开始给大成按摩，按了一会儿，他看大成也不吱声，便小声说："我有点渴了。"

大成说："你要想吃瓜了明说，我早给你预备了。"

二峰看着大成再次嘿嘿笑了，他从地窖里把瓜拿出来用水冲了一下，发现上面已经有斑了。这让他忽然想起从地里新摘的瓜，上面有一层毛茸茸的白灰，如果是早上，白灰上面还有一层浅浅的露珠儿，凉微微甜丝丝香喷喷的，别提有多好吃了。

大成看着二峰说："嫌不好，别吃啊！"

大成显然生气了，二峰只好吃着瓜呜呜地说："是你想多了，这瓜挺好的，真挺好的！"

但大成一直嘟噜着脸也不说话。

眼见天黑了，大成依然没有多云转晴的意思。二峰只好说："要不我领你去偷瓜？"大成的眼睛里忽然蹿起一绺火苗，这让两人立马想起童年时偷瓜的很多乐趣。

可是大成的腿不能走，二峰只好揽着大成。两人来到苞米地里看着对面的瓜园，恍惚着好像真的又回到了童年……

这是一片晚瓜，刚开园没几天，两人虽说在苞米地卧着，可好闻的瓜香已经在地里漫延随风飘了过来。大成看着瓜园故意使劲儿地吸溜着鼻子，二峰说："你搁这儿把风我进去。"

到了瓜地，二峰才发现大成已经一瘸一拐地跟到地里。要说，两人也够倒霉了，还没摘几个瓜就被看瓜人摁在地里了。

看瓜人举起手电筒照着大成说："舅，你要吃瓜说一声我给你送嘛！"

大成看着二峰嘿嘿笑，然后说："送的和偷的能是一个味儿吗？"

## ◎ 平衡

松花江这几年水有点儿大，水一大打鱼船自然就多了起来。那些本地人还好说，搁江里打完鱼到岸上卖了，然后找地方泊了船回家喝酒。外地跑单帮的只好临江找高岗背阴地方搭窝棚，起锅灶，说起来也挺凄凉的。

娄大来的时候太阳岛红柳毛子跟前还没窝棚，娄大是第一个。这里地势有点儿低洼、潮，按理说是不宜搭窝棚的。可娄大喜欢这里安静，尤其喜欢那一丛一丛的红柳毛子，被风一吹呼啦啦响，摇摇晃晃很像自己家乡成熟的高粱。娄大是吃高粱米长大的，他喜欢高粱，特别是喜欢伤心的时候一个人躺在密密实实的高粱地里，看着一线微微的天光发呆。

有了这样的联想，娄大在红柳毛子跟前搭窝棚就不足为奇了。别人的窝棚都尽量离江边稍远一点儿，为的是躲开湿气。可娄大不，数他的窝棚离江边最近，要是夏季涨水，好像夜里一伸手就能摸到江边泛起的水花。

娄大早出晚归，是一把打鱼好手。收网了便躺在窝棚里看天上的星星和月亮，如果没星星月亮也不要紧，还有红柳毛子，还可以想家乡的高粱，还可以想远在故乡的母亲。

靳六子没来的时候，可以说娄大的生活是平静的，平静到他只想挣钱，然后回家娶妻生子。可靳六子来了，这一切似乎都改变了。

　　靳六子也是跑单帮的打鱼人，也摇着一条刚刚租来的破船，这些按理说跟娄大没关系。可偏偏靳六子也看上了太阳岛上的红柳毛子，这就有关系了。

　　当靳六子的窝棚支在红柳毛子里以后，娄大就没过一天安生日子。靳六子喜欢喝完了吃完了，睡觉前嚎上那么两嗓子，要是唱得好听也罢了，可那声音贼声贼气的，而且特别响亮，娄大想不听都不行。

　　因为两个窝棚很近，近到彼此放一个屁对方都能听见，娄大只好把蒲草编的门帘子老早放下。没几天靳六子便知道这个邻居不待见自己，可他天生这个性格，在家也哼哼惯了，如果不嚎上两嗓子还真睡不着。

　　娄大和靳六子不说话，在江里打鱼遇上不说，回红柳毛子碰头了也不说。致使在松花江上，有很多打鱼人都不知道他俩是邻居。

　　靳六子打鱼的技术实在不怎么地，他每天只好远远地跟在娄大船后。娄大会看水脉，哪里有鱼哪里没鱼他都知道，一网下去总是有收获的。

　　娄大虽说看不上靳六子，一想出来混饭都不易，所以明知道他沾了自己的光也不说破。

　　靳六子不但好唱一天傻乐呵，而且还把每天在水里捞的俩钱儿都给女人了，这是娄大最不想看到的。你吃点儿喝点儿再嚎两句，其实也没啥大不了的。但你仨瓜儿俩枣儿地把拿血汗换来的银子都嫖了，这怎么行？

　　娄大只好打破不与靳六子说话的规矩了，不止一次地劝过靳六子，让他不去嫖，走正道。可靳六子表面哼哈地答应着，背后该咋地还咋地。娄大实在生气，只好去找海爷，让他管管靳六子，别污染了吃水上饭这行的规矩。可过了一段时间，他发现靳六子不但没改，还把一个娘们儿带红柳毛子来了。娄大只好从窝棚里出来，和靳六子打了起来。

两人都拜海爷的码头，这回海爷不能不出面了。两人都跟海爷诉苦。海爷盯着江面说："娄大，我问你，黑鱼吃啥？"娄大说："当然吃鱼啊！"海爷再问："那草鱼呢？"

靳六子赶紧说："吃草！"海爷瞪一眼靳六子说："他还不知道吃草，我是想让你们明白一个道理，鱼跟人一样吃啥的都有嘛！"

娄大知道海爷这是在变着法儿谴责自己多管闲事儿。他心里生气可又奈何不了靳六子。

那天中午江里的风挺大的，靳六子老早地把船拢岸，想一个人喝点儿酒睡一觉。他刚端起酒碗，一个女人风风火火地来到红柳毛子喊船，说要过江。

靳六子一看女人心里就痒，他也不讲价儿，顶风破浪把女人送上了对岸。可女人却说她没钱，只好半推半就地被靳六子扑在树毛子里……

也活该靳六子倒霉，偏偏这时候娄大的船靠岸了，女人一看被人撞见赶紧捂住脸呜呜地哭……

娄大忍无可忍，把靳六子打得爹一声妈一声地嚎，比他唱的小曲儿声音大多了。两人的事儿终于惊动了海爷。

听完两人的陈述以后，海爷生气地说："靳六子你挨打也活该！"

海爷又接着说："娄大你算哪根葱，要打也轮不到你啊！"

结局是娄大被摁倒在地，按照海爷的吩咐屁股上挨了五十大板子。

事后，大家都说还是海爷办事公平，谁也不吃亏。

## ◎ 老柏

　　我妈是经人介绍和老柏认识的。那时候的老柏媳妇死了，带着一闺女，在一家养鸡场干活儿，休班的时候喜欢穿白衬衫，干干净净。我妈一眼看上了老柏，老柏对我妈也很满意。就这样老柏成了我的继父。

　　开始我妈征求我意见，我也没反对，我是想反正爸也走了，我妈太孤单。再说老柏这人看着也不烦，又带一个闺女还能和我玩儿。

　　但我想错了，老柏太不是个玩意了。他从我妈那儿了解到我的基本情况以后，担忧地说，聪明是好事儿，可也得用到正地方啊！

　　从此，我的噩梦算是开始了。

　　以前只要一放学，满街上、房前屋后都是我的影子，我想咋玩儿就咋玩儿，想跟谁玩儿就跟谁玩儿。我没搁家写作业的习惯，在学校更不用说了。全班三十几个学生，我经常在倒数三名左右徘徊。

　　按理儿说老柏要是个好继父，应该从管我学习开始。可他不，只要我放学了，他立马让我干活儿，用他的话说，农村的活儿多，不能光指着他跟我妈两人，我也应该搭把手了。

　　我妈养了两口猪，得随时到野地里去割猪草，还有垫圈起粪啥的。我只好捏着鼻子把这些活儿接了，而且干得有模有样的。我也是气老柏，心想你不是跟我过不去吗？我还真不能让你小瞧了。

　　但让我生气的是，老柏闺女却啥也不干，学习和我一样啥也不是，可老柏一句话不说。我质问老柏："我干活不是不行，可你闺女为啥不干呢？"

老柏说："你是个小子，怎么有脸和小丫头比？"

我只好去问我妈，想让她给我撑腰。可也不知老柏给我妈灌啥迷魂汤了，我妈居然说："反正你也不爱读书，干点活又累不死。"

都说有后妈就有后爹，得！现在倒过来了，我这是有后爹就有后妈了。我这个带来的姐姐，不但啥也不干，穿得也比我好，用老柏的话说，闺女嘛！就得富养。我听明白了，他下句话的意思肯定是小子嘛！那得穷养。

这都是啥逻辑，我这是哪辈子刨老柏家的祖坟了，让他这么整我。我开始想我爸活着的时候，是那么心疼我，是那么希望我能上大学。

在老柏和我亲妈的双重压迫下，我干了很多的活儿，一天累得我只想躺在床上再也不起来。

我开始知道学习了，并且觉得学习其实也挺好的，起码没干活儿那么累。

老柏只要看我学习，就不招呼我干活儿。这无形中也成了对我的鼓励，但我还是看不上老柏。

老柏很勤劳，每天从鸡场回来没有闲着的时候，不是去给猪起圈，就是到地里去侍弄庄稼。我背后曾听他对母亲说过，他只要一闲下来浑身不得劲儿，可只要一干上活儿便啥事儿没有了。老柏是个爱干净的人，没来我家的时候，经常穿着白衬衫一尘不染的。可来了我家之后，我已经很长时间没看他穿了。

因为我不想干活儿，搁学习上的时间多了，又用心，所以不到半年，我的学习成绩提高很快，在班级已经勉强能算中游了。我觉得终于可以松一口气了，玩一会儿了。但我刚从家里跑出去，老柏就把我喊住了，用他的话说，像我这么大人只有两种选择：要么学习，要么搁家干活儿。

学习虽说没干活儿累，但也是个苦差事。我很羡慕老柏的闺女，她比我大一岁，可老柏从来不说她。为这事我曾经跟我妈发过牢骚，我妈说："老柏说了，她根本不是读书的料儿，你攀她干啥？"

在这一点上老柏倒是没说假话，我这个姐姐连续两年中考都落榜了，后来只好和老柏一起去鸡场干活儿了。

到了高中以后，我的成绩一直在学年名列前茅，上大学那是意料中的事儿。上大学走时，我妈的意思是给我买两身好一点儿的衣服，可老柏不让。他的意思是我去念书，又不是去相看老婆。

我对老柏几年的怨气攒在一起终于爆发了，我指着他的鼻子质问他凭什么管我的事儿。我也不管他叫爸，直接喊他的名字，我的样子一定很吓人，结果是我妈给了我一巴掌……

长这么大我妈还从来没打过我，这是第一次。我心碎得简直像被风吹落的花瓣儿再也拼凑不起来。

大学四年，我一直勤工俭学，没跟家里要一分钱。我恨老柏捎带着也恨我妈。我的勤劳质朴和优异的学习成绩让我后来当上了学生会的主席。我的前途一片光明，还没毕业一家世界五百强的企业就指名要我。

就在我考虑要不要去的时候，接到了我妈的电话。我妈告诉我，我可以恨她，但千万不要恨老柏，因为老柏都是为我好。我用鼻子哼了一声。我妈接着说："孩子，到现在你难道还不明白？老柏让你干活儿那是为了让你学习，他是想让你先尝遍这世上所有的苦，然后才是甜……"

我手里拿着电话，傻子一样地搁那儿站着，一句话也说不出来。

## ◎ 老大

蓉城不大不小算是一个中型城市，因靠海经济发展很快。彭光来两次就看上这里了，他想把自己的生意挪到这儿，一来是他觉得这里的人好、豪爽，适合做生意；二来他喜欢这里的环境，海风海浪海船，还有海鸥啥的他都喜欢。

他在这里考察一阵子，也认识了几个生意伙伴，便决定码一个局子把大家拢一起吃一顿饭。他的意思很明显，是想通过饭局和大家联络下感情，也算是和大家打招呼了，这相当于唐僧到西天取经到一个国家了，必须兑换通关文牒。如果人家不认可你，那以后的生意还怎么做？

被请的人虽说不是蓉城商界的大腕儿，可彼此脸挺熟，很多人都有生意上的往来，所以大家推杯换盏的，吃得都挺愉快。在这次饭局上，大家一致认为彭光够哥们儿讲义气，人还没来情义先到了，这符合蓉城人的性格。

徐亮也是被请人之一，不知为什么他一见彭光心里好像敞开一扇门，好像所有的阳光都照进来了。他心里舒服，单独连着和徐亮喝了两杯；而彭光也喜欢徐亮的豪爽，两个人端着空酒杯看着对方的眼睛，都有了惺惺相惜之意。

徐亮对大家说："今天的饭单我买！"

但彭光还是先于徐亮把单买了，这让徐亮心里很不高兴。他在蓉城商界混了这么多年，虽说生意做得不够大，但只要有饭局他准是买单的那个人。时间长了大家都知道他的德行，所以谁也不和他争。

其实，彭光也没想那么多，他的意思很简单："我请客怎么能让你买单呢？再说我们初次相交也不好意思。"而徐亮的意思是：你到蓉城来那是看得起蓉城人，给你接风洗尘那是我们蓉城的事儿，你买单那不是打人嘴巴吗？

徐亮虽说当时不高兴，可也没说什么。后来他渐渐发现彭光有个和自己一样的毛病，每有饭局总是第一个站出来买单。这不免让徐亮心生不快。这些本来都是自己的事儿，你彭光才来蓉城几天，怎么还抢在别人前边儿了？这样想着，再有彭光参加的饭局徐亮一概不去。

彭光是做塑料制品生意的，刚来蓉城生意不错。可渐渐地彭光发现，有些人开始背后对他的产品说三道四，还有些客户不知为什么也退单了。彭光反复地研究自己的产品，心里很矛盾。

正好赶上中秋到了，彭光特意让司机买了几箱家乡地产酒，他是想借这个节日好好和大家沟通一下。可礼物送出去了，到了晚上徐亮又把酒退回来，他对彭光说，自己不喝别的酒，只喝蓉城的酒！

礼物被退回来了难免尴尬，彭光心里很不是滋味。

彭光知道徐亮肯定是对自己有成见了。彭光自到蓉城以来事事小心，对朋友从来也不缺礼数。可这是为什么呢？

徐亮在蓉城生意虽说不够大，可人脉广。因为他豪爽，他的哥们儿义气，不论啥事儿大家都给他面子。彭光忽然想起最近自己生意上的不顺，隐隐觉得可能和徐亮有关，他思来想去觉得还是有必要和徐亮把事儿说开了。

彭光特意去了徐亮的公司，秘书让彭光在客厅等一会儿，说是徐总有客人。可彭光从早上一直等到中午，眼看到了饭时，彭光只好硬闯徐亮办公室。

屋里一个客人也没有，见彭光进来徐亮好像有些惊讶地说："你

152

看这事儿闹的，我怎么把你忘了？"

彭光说："没事儿，正好今天有空就到你这儿看看。"

徐亮看了彭光一眼说："最近生意还好吧？"

彭光说："不怎么好？"

徐亮说："不怎么好就对了！"

彭光有些惊讶也有些困惑地盯着徐亮，他真不愿意相信这话是从徐亮嘴里说出来的，因为他在蓉城是一直把徐亮当朋友的。

徐亮说："其实，蓉城也没你想的那么好，你新来乍到啥规矩也不懂，总得有个适应过程。"彭光也不和他打太极了，干脆单刀直入地说："徐哥，我知道你对我有意见，可你总得让我明白，我到底是哪里得罪你了？"

徐亮说："你想哪儿去了？我怎么能对你有意见呢？"

事儿没谈拢彭光心里不快，也提不起兴致。正好那天，一个新认识的朋友来看彭光，而他和徐亮的关系也不错。彭光便把自己和徐亮的事儿说了。朋友看着彭光呵呵笑了，然后对彭光说："徐亮就那德行，能装！"

彭光怔怔地看着朋友，没有说话。

朋友接着说："这还不明白吗？你抢他风头了！谁是蓉城的头牌老大你不知道吗？"

彭光听后恍然大悟。

## ◎ 智慧

　　二小和大丫在一个村上干活儿，都是二十啷当岁的年纪，时间长了也就对上眼了。可二小家里一水水哥五个，老大刚娶完媳妇，家里的经济情况不是太乐观。二小的父亲呢又不拿事儿，所以二小只好自己想办法去张罗。

　　乡下的风俗是如果两家闺女小子都没啥说的，那接下来该找媒人把事儿捅破了，然后撂彩礼。二小找了几个媒人都被大丫的妈给卷了回来，她也不是不同意这门亲事，主要是差在彩礼上。这也不能完全怪大丫的妈，因为二小已经授权媒人，只能出五百彩礼，他大哥就是花了五百把大嫂娶到家的，他如果多花他大嫂怎么想？下边这帮兄弟怎么办？

　　但大丫妈说的也很实际，她说现在物价都在上涨，一天一个价，去年收购站的猪，毛猪才五毛现在不是也六毛了吗？

　　二小干着急，每当看到大丫心里都跟着火一样难受，他觉得对不起大丫，最后连看大丫的勇气都没有了。后来还是在别人的提醒下，他才想起大明白来。

　　大明白从前在公社当过会计，因为犯了点事儿回村当了农民，可当上农民的大明白依然穿四个兜的制服，上衣口袋里别着钢笔。他能说会道，村里人都敬着他，不论啥事儿只要他出场大家都给面子。

　　但他这人有点儿清高，没啥大事儿一般人请不动。可事关婚姻，

154

二小只好提着四盒礼去见大明白。

太阳已经升起老高，大明白还没有起床。二小着急，只好故意咳嗽一声。大明白翻过身来看着二小说："你咳嗽也没用，你又不是不知道，像这些婚嫁的小事儿我是从来不出面的。"

二小说："叔，我来就是给你捎一句话，大丫她妈说，谁来都白扯，就是李大明白来了也不好使。"

大明白嘿嘿笑了，说："想不到你小子还懂激将法，告诉你我不吃这套。"

二小把东西放到大明白跟前说："反正话我是带到了，去不去你自己掂量吧！"

大丫妈在村里是出了名的厉害，在家无论啥事儿男人连个屁都不敢放。这样骄横惯了，她也就不把别的男人放在眼里。大明白进来的时候，大丫妈正蹲在院里洗衣服。她抬头看一眼大明白用手指着自己对面的矮凳，示意他坐下。

大明白从兜里掏出香烟点着了。他慢悠悠地吸着香烟，是想在气势上先压倒对方。大丫妈把一件外套从盆子里捞出来使劲儿一抖，水珠子一下子溅到大明白脸上，他身子向后一仰险些摔倒。

大丫妈嘿嘿笑着说："派头倒是挺足的，就是胆儿有点小，咱说正事吧！"

大明白说："好，要我看你要八百一点不多，咱先不说现在这物价见长，就说大丫的长相，那在咱十里八村也是数一数二的，货比三家才定价嘛！"

大丫妈说："对嘛，我就是这个意思。"

大明白说："你的意思一点儿都没错，但你得看二小家拿得出吗？"

接下来两人开始讨价还价，要说大明白也真够厉害了，大丫妈虽说竭力提价儿，还是被大明白七砍八砍杀到六百元。这时候天也渐黑了，事情没说完，大丫妈只好不情愿地让大丫去供销社装酒招待大明白。

人明白喝完了酒说："嫂子，别人怎么说的我不管，但我来了，你总得给我个面子，要不你明天还得管我酒菜不是。"

大丫妈无奈地说："你当我要钱是为自己，我是怕二小他家兄弟多，要少了将来吃亏，行，我给你个面子，再去二十吧！"

大明白皱着眉说："行，那这样，多出的八十元他家拿不出现钱，用猪顶吧！"

大明白终于把这桩婚事说成了，临过礼的时候二小把一头猪赶到了大丫家。

可没想到的是二小和大丫刚结完婚，这头猪跑到大明白家的圈里就不出来了。大丫妈指着大明白的鼻子说："你说，我的猪怎么跑你家圈里了？"

大明白说："嫂子还说啥呀？这猪本来就是我的嘛！"

## 一瞬就是一世

一瞬就是一世 / 小艳俏佳人 / 茫然 / 岁月 / 老穆 / 血缘 /
适应 / 感动 / 定力 / 冤家

---

　　几天过后,云的女友琴约她晚上看一部战争片的电影。
云去了,当看到一个士兵在执行任务前,把他身上唯一的
存折寄给了女友,却再也没有机会说上一句话时,云突然
意识到了风给她寄钱的用意。

## ◎ 一瞬就是一世

"我是风，你是云，你是那朵彩云……"

云读着风写给自己的信，往事不禁历历在目。

1980年的早春，风和云经双方父母同意登记了。秋后，风当了兵。

风想云，云也想风。风除了适应新的军旅生活外，有空就给云写信。二人经常书信往来，彼此诉说衷肠。

一天，风所在的部队接到上级命令，要开赴云南老山参加自卫反击战。风士气高昂整装待发。出发前，风把自己的日记和身上仅有的198块钱一同寄给了云。

云收到邮件后，心里很高兴，也没多想。她除了按部就班上班外，有空就读风的日记。

几天过后，云的女友琴约她晚上看一部战争片。云去了，当看到一个士兵在执行任务前，把他身上唯一的存折寄给了女友，却再也没有机会说上一句话时，云突然意识到了风给她寄钱的用意。

她也看不下去了，低着头，昏昏沉沉中，她仿佛去了火车站，坐上火车找风去了。

云经过几昼夜的奔波终于找到了风的驻地，她拿出结婚证（还没办婚礼）问风的情况，小战士说："风在执行任务，我不能泄露军事秘密。"

　　云急得不知咋办。冷静了片刻，又联想到报纸广播纷纷报道——越军在云南边境挑衅，她越想越急，竟不顾一切地去了老山。

　　途中，云又渴又饿，她从包里掏出看电影时准备吃的一个红苹果，刚咬一大口就停住了，她想起了风。风打小就爱吃苹果，她此时虽然很想吃，但是没舍得再咬，又把苹果塞进了布包里。

　　当云历尽险难出现在风的眼前时，风和身旁的战友都感到异常的震惊，就连风的首长也感到非常意外。

　　风和云终于见了面。风望着云，她的眼睛布满了血丝；云注视着风，他的双眸依旧炯炯。

　　"大老远地，你咋来了？"风问。

　　"特别想见你，就不管不顾了！"云说。

　　风心里暖暖的；云感觉美美的。

　　当天傍晚，首长特意派人给云安排了房间，让她好好地歇一歇。当风过来看望云时，别提她多开心啦！

　　风和云唠了许多掏心窝子的嗑儿。过了半晌，云稍稍平静了一下，她婀娜地走到风跟前，轻轻地说："亲爱的，等你回来，我们就结婚。"

　　夜，依旧静寂，月儿早已爬上了树梢儿。

　　翌日，吃过早饭，云不得不匆匆登上了回家的火车。风站在月台上，注视着远去的云，云从车窗探出头，不停地向风挥手，大声地说："快回吧，保重啊！"

　　这时，风的心快要碎了，眼泪在眼眸里打转儿，云的视线被泪水模糊着。忽然，云想起了那个被咬过的苹果，她急忙地从布包里掏了出来。此时，火车已徐徐启动了，风跟着火车在跑，云将苹果用力地扔向了风。

　　火车，渐行渐远。风的身影，从云的视线里渐渐变小。风凝视着远去的列车，又看看手心里被咬过的苹果，泪已成行。

　　电影散场了，女友琴使劲儿地把云推醒，这时云才知道自己做了一个长长的梦。

　　后来，尽管风长眠在老山前线没能回来，但是对于云来说，梦中的那一瞬就是她的一生。

## ◎ 小艳俏佳人

我闲着时，总爱浏览快手。遇到自己喜爱的或用得上的，便戳上爱心，添加关注。

小艳俏佳人是我钟爱的一位快手上的关注者，她代理的是怡馨灵芝系列护肤品。

她名叫王艳，三十多岁，穿着时尚，皮肤白净，长着一双会说话的大眼睛。

我添加了小艳微信，经常请教她一些护肤问题，后来成了无话不说的好朋友。小艳跟我说，她是冰城人，容不下老公第二次出轨，就带着五岁的儿子离婚了。

小艳直播讲究艺术性，她不光演示产品，比如洗面奶、护肤水、水光乳、精华液、面霜、防晒霜、面膜，等等；还对不同年龄不同肤色的人群，该用什么不该用什么怎么用给予阐述，适时地插入护肤美容技巧，让粉丝们每天都能看到新鲜的直播。看得粉丝们拍手称快，心甘情愿送礼物买产品！

我采纳了小艳新的护肤理念，摒弃了不适合自己的化妆品，买了天然的怡馨灵芝系列护肤品。每天坚持早晚正确洗脸护肤。一周做三次面膜，两次水疗，一次灌肤。

半年后，感觉不一样了。每次洗完脸，照着镜子，看到自己脸上，皱纹浅了，皮肤白嫩了，心里高兴得像开了一朵花似的。

一天下班，碰到了邻居丽姐，她惊讶地问："兰妹，好久不见，你脸色大变样啊，咋保养的呀？"我笑着说："我没刻意保养，就是学会护肤了。"丽姐说："啊，讲一讲咋回事？"我说："给你推荐个快手吧，去搜索小艳俏佳人，看看她的直播，免费教你如何正确护肤。"

丽姐回家后，按照我的指引，果然看到了小艳直播。当天晚上就下单买了一套怡馨灵芝系列护肤品，用了几天，她的脸色确实"变样"了！

丽姐来到我家，"当当当"地敲门，我推开门，她气呼呼地站在门口，咧着嘴瞪着眼伸着脖指着脸说："瞧瞧，瞧瞧吧，这就是你推荐的好产品！"

"呀，咋起这么多红点子呢？"我疑惑地看着丽姐的脸。

"我哪知道啊？"丽姐嚷道。

"丽姐别急，我问问小艳……"我把丽姐拉进屋，她显然气消了大半。

我拨通了小艳电话，说了丽姐脸上的情况。小艳说："丽姐可能是肌肤缺水或角质层被破坏过敏了。"我继续问："那丽姐……"小艳说："请丽姐放心吧，我负责给她调整。"

过了几周，丽姐来到我的办公室。她告诉我说："兰妹，抱歉啊！都怪我……用错了方法，才导致皮肤过敏的。"我看了看丽姐的脸，笑了笑说："嗯，脸好了比什么都强啊！"丽姐难为情地说："今天午饭我请客，权当是我赔罪啦。"

丽姐用完了这套化妆品，效果确实不错，便代理了这个品牌。她又给她的亲朋好友推荐了。

……

有一天，我进小艳直播间，本来是想看她直播的，但只看到她的粉丝涨了不少，可小艳本人却不见踪影了。

大家议论纷纷，有的是她的几十个代理分别下单买了上万块钱的产品；有的是她的数百名粉丝下单买了上千元的产品。

翌日，丽姐联系不上小艳了，她焦急地给我打电话，问："我买了六万块钱的产品，都五天了，咋还没收到呢？"我说："再等两天，看看吧！"丽姐说："啊？打小艳电话不通，是不是她卷钱跑路了？"我说："不能！她可能有事。"丽姐说："我们报案吧！"我说："我也买了，从来没差事。再等等吧！"

两天后，小艳终于回到了直播间。

原来根据小艳的销售额，她被聘为怡馨灵芝股份有限公司黑龙江分公司销售经理，专门销售怡馨灵芝系列护肤品，主抓实体店营销，兼顾直播销售。

## ◎ 茫然

　　张大海是出了名的倔。他的倔劲儿一上来，即使是十头老牛也拽不动他。

　　八十年代末，张大海师大毕业，被分配到周家中学教数学。这所学校的吴校长，看他一表人才的，非常赏识他，于是主动托人说媒，想把女儿吴琼嫁给他。

　　经媒人撮合，吴琼和张大海一见钟情，相处一个多月就闪婚了。

　　转年，吴琼生了个大胖小子，起名叫张鹤，三口之家过得和和美美，人见人羡。

　　又过了几年，张大海发现自己不喜欢按部就班的教学工作，便毅然决然地辞职了。

　　吴琼知道后，气愤地对张大海说："工作干得好好的，怎么说辞职就辞职了呢？这么大的事，咋不事先跟我商量商量再决定呢？"

　　张大海说："和你商量啥呀？我是爷们儿，挣钱养家的人是我！"吴琼听了，气得无言以对。

　　翌日，张大海拜访了发小李力。李力在本镇批发布料多年，生意风生水起。

　　张大海追随李力，李力对张大海鼎力相助。他不卖布料，而是床上用品。

　　两年后，张大海加盟了知名品牌"MJ 毛毯"做代理，专门批发毛毯。

张大海广交客户，薄利多销，生意做得如鱼得水，年收入几十万。

尽管如此，他不甘于现状，创造机会自费去北京大学进修，学习相关知识。

回来后，扩大规模，筹办工厂，招贤纳士，加工毛毯，自产自销，生意越做越大。

此时的吴琼对张大海有崇拜的成分了。家里家外，事无巨细，全听张大海的。

岁月如流水，一晃儿，十几年过去了，儿子张鹤就要上初中了。吴琼也可以松口气了，她想出去找个幼师工作，干自己的老本行，不想永远做全职太太。

吴琼把这事和张大海说了。

没料到，张大海却说："不用你出去工作，在家做家务、照顾好孩子学习就行，咱家也不差你挣的那点钱！"

吴琼说："我……我不想在家这么待着啦！"

张大海满脸愠色："我说不让你工作，你就别去！"

吴琼继续争辩："我……我在家……太郁闷啦！"

张大海骂道："臭娘们！不缺你吃，不缺你穿，咋就不听话呢！"

吴琼脾气好，向来是张大海说一不二。这些年，她唯唯诺诺，为了丈夫和儿子失去了自我。此时，她不知道从哪里迸发出来的勇气和力量，第一次和张大海唱反调，她大声嚷道："我不当这个家庭妇女了，我就要去工作，怎么啦？！"

话音刚落，张大海上去就是一个大嘴巴，吴琼的脸上烙下了五个手指印子。打完，张大海转身，摔门走了。

吴琼捂着脸，伤心地哭着，骂着。哭够了，骂够了，她穿好衣服，离开了家门。

一周后，吴琼对张大海，说："咱们离婚吧！"

张大海听了，倔劲儿又上来了，他没多想随口便说："离就离！"

吴琼把写好的离婚协议，递给了张大海，张大海接过协议，连看都没看，就在签名的地方写上了自己的名字。之后，说："按你说的办！"

……

李力知道张大海离婚了，怕他孤独，经常请他喝酒聊天。有一次，带张大海来家里喝酒。等到酒酣饭饱，李力说："哥们，你哪儿都好，就是你的倔脾气，真得改啊！"

张大海听后，闷头喝酒，不作声，但他心里开始反思了。

不久，张大海再婚了。

新媳妇叫蒋丽丽，比他小十多岁，是新毕业的大学生，长得很漂亮。

张大海非常喜欢蒋丽丽，他暗想：第一次婚姻的失败，确实是自己太大男子主义了，得改一改自己身上的倔毛病啦！

再婚后，张大海不论家里家外，大事小情，全听蒋丽丽的。

久而久之，蒋丽丽感觉老公办事没有一点儿自己的主意，一副软骨头的样子，没有男人的阳刚之气！这不是她想要的婚姻。

后来，他们也离婚了，是蒋丽丽提出的。

张大海经历了两次婚变，感到很茫然。他就是想不明白：自己实心实意地对待每一任妻子，耗尽全力地挣钱养家，可怎么就留不住她们的人呢？

## ◎ 岁月

常山和桂枝结婚以后，日子紧巴。常山挺能干，在生产队每天都拿最高的工分。可等把口粮弄回来兜里便溜溜空，一个子儿也没了。

桂枝看着屋里涂满岁月沧桑的四壁发愁，她倒不是担心自己吃的穿的好了赖了，她现在对这些已经没啥要求了，有饭吃有衣穿就行。主要是自己的四个儿子一水水地像草一样疯长，不知不觉已经齐腰高了。

常山心疼媳妇儿也怕她着急，所以开始没日没夜地编席子。他是那种沉默寡言的人，嘴慢手快，往往是话还没说清楚呢，他那边已经动手了。当年，桂枝就是看上他这点好才心甘情愿嫁给他的。

席子是编出来的，这主要是手上的功夫。常山的手指粗而且短，按理说是不符合篾匠要求的，可偏偏这双手编出的席子让大家唏嘘不已。开始大家都不相信常山，原因是也没见他跟谁学过，唯一可以让大家放心一点儿的是，他先编了一领席子铺在自家炕上，算是打广告了。

人们开始对他刮目相看，以前席子坏了，多数人家都去供销社买，也有少数人家到外村跟篾匠定制的。既然常山会这门手艺，村里人省事多了，只要跟常山知会一声，拿绳子把尺寸量好了给常山送去，接下来就在家等着送货上门吧！

都是街坊邻居的，开口要钱常山有点不好意思，可铺了席子不给钱大家心里又过意不去，所以常山收入不错，还没有白编的时候。

村子再大也就二百多户，等没席子的人家都轮了一遍，常山的席子也就卖不出去了。可那时候是计划经济，自由买卖是受限制的，常山只好把目光盯上县城。

一到冬天生产队没活了，是常山一年最忙碌的时候。他先是用水把秫秸泡软了，然后用自制的刮刀把篾子从秫秸上剥离下来，这道工序很费时，也很关键。篾子泡的时间短柔韧度不够，脆，编织的时候容易折断；可泡的时间过长篾子吃水多，滑，编起来费事儿。常山在给秫秸浇完水以后，大部分时间是卷一支喇叭筒蹲在地上抽，等秫秸吃水差不多了，便开始动手。

桂枝有她自己的活儿，她一天管着一家的吃喝拉撒，还有院子里一大群的鸡鸭鹅狗猪也够她忙的，这些辅助性的工作，她从不伸手。只有常山把席子编好了，用麻绳绑成一个圆筒，她才用手推车把席子推到县里去卖。

开始常山不放心，非得和桂枝一起去，可去过两次以后，他才发现桂枝天生是做买卖的料儿。她也不喊，事实上也不敢喊。她避开繁华的街面，把车子推到一条一条的小巷里，见到有人过来了先观察一番，直到确定没啥事了再把席子露出来。

常山在家里编着席子也给媳妇儿念佛，还别说，桂枝的小心谨慎还是有道理的。她风里雨里地在县城卖了几年席子愣是没出啥事。

两人最开心的时光是桂枝从县城回来，把钱从兜里掏出来放在柜子里的时候。每到这时，常山准是停下手里的动作，看着桂枝一脸的笑。桂枝呢，多半是把围巾扯下来，扎上围裙去外屋给常山炒一把黄豆，撒了盐末，犒劳他喝二两小酒。

大小子眼看二十傍边了，一过二十那时候在农村就算大龄青年了。常山一点儿也不敢懈怠，他脑袋里的弦始终绷着。他就觉得自己像马一样，背后始终有一根鞭子在等着自己。

夜深了孩子都睡了，屋子里开始冷起来，常山不断地把手放在嘴跟前哈着气，桂枝便坐在对面看常山编席子。常山的手在篾子上灵活地动着，每一条篾子都在常山固定的程序里不停地晃动，这让桂枝想起了秋风吹过一望无际的田野黄灿灿的庄稼，摇头晃脑地歌唱，而常山就是在这样的歌声中挥动着手里的镰刀，还有她的大小、二小紧紧地跟在父亲身后……桂枝想到这里扑哧笑了。常山一双骨节粗大的手快速地动着，他是没时间笑的，他的身后有鞭子，只要他停下鞭子就会落在他头上。

常山在一年又一年的岁月中，靠编席子给四个儿子娶了媳妇，等改革开放后日子好过了桂枝也走了，而常山也老了。几个儿子都劝他好好搁家待着吧，但常山没事儿还是编席子，老屋里放了很多的席子，现在乡下人学城里人也开始铺地板革了，常山的席子没人买，就是想送人也找不到下家了。但常山弯着腰佝偻着脊背，依然在入秋的时候去选秫秸，他不相信他编的席子没人铺，他觉得他把自己的一生都编在了经纬纵横的席子上了，可不知为什么他本来在席子上坐着呢，忽然就被人推下去了……

常山觉得席子渗灰渗水，隔凉保暖，这些个优点地板革都没有，可人们偏偏不需要席子了。常山觉得这个世界不要他了。要是桂枝在多好，要是大家都和桂枝一样喜欢铺他的席子，他也就不会这样委屈了。

那天傍晚，常山把几十领席子用手推车陆续地运到桂枝的墓地，一只麻雀跟着常山的车子飞，落在墓地的杨树上。常山跪在地上把席子一领一领地点着了，麻雀叫着飞向天空。只见火光冲天而起，比西天的晚霞还红还好看……

## ◎ 老穆

　　这是一个星期天，老穆今早的心情本来不错，刚就着水煎包和小葱蘸酱喝了二两小酒，接下来他想去公园遛遛，找个熟人啥的聊聊天，一天也就打发过去了。可他刚一下楼，便在单元门口碰见了厂长，他尴尬地站住了，一时不知说什么好。倒是厂长对他点点头而且还意味深长地笑了一下，说自己也搬到这个小区了，让他以后多多关照。

　　和厂长邂逅，老穆啥心情也没了。他本来和厂长住一个小区，搬这儿来就是为了躲避厂长，可厂长还是跟来了。小区院里的杏树刚刚开花，几个小孩正仰脸看着杏花笑，一股香味儿迎面扑来，老穆不由得打了一个喷嚏，接着他觉得浑身发冷。

　　也是这样一个春天，工厂院子里杏花飘香，那时候的厂长还是工程师；而老穆是车间的先进生产者。两人因为工作上的往来，感情处得不错，没事儿的时候也经常在一起喝酒发牢骚。可"运动"来了一切都变了，工程师开始被迫交代问题，而老穆却成了这次"运动"的闯将……

　　老穆眼睛盯着杏树，只觉今年杏花味儿有点苦，他用力地蠕动一下嘴唇，觉得嘴里也苦，心里也苦。他已经没有兴致去公园了，从他和厂长邂逅那一刻开始他啥兴致都没了。要是早知道厂长也搬到这个小区，他怕是连喝酒的心思也没了。他愁肠百结地又上了楼，然后进卫生间呕吐起来。

老婆用手敲着门说，你刚才不是还好好的吗？这是怎么了？老穆出了卫生间看着老婆苦笑，然后说："我遇见鬼了。"

老婆疑惑地看着老穆，开始用手摸老穆额头，然后说："这也没烧啊？怎么还说胡话了。"老穆用手扒拉一下老婆，说："哎！看来我是在劫难逃了。"接着他告诉老婆，厂长也搬这个小区了。

老穆还是车间副主任，虽然每天照常上班，可因为心里有事儿，担心着厂长会对自己报复，所以工作的时候总走神儿。那天厂长把他叫到办公室，和他聊了半天，无非是鼓励他好好工作，别有思想包袱。末了厂长说，现在锅炉房缺个烧锅炉的，问他谁合适。

老穆回到家里接连抽了好几根烟，心里越发地纠结，他觉得厂长这是暗示第一步要把他踢到锅炉房去，然后再慢慢收拾他。

老穆一宿没睡，老婆说："要我看你应该跟厂长把事儿说开了，给他好好道个歉，再不然让厂长打你一顿也行。"

老穆说："这些我早想过了，根本不好使，事情要真像你说的那么简单，他还至于步步紧逼吗？"

第二天老穆左思右想心不落地，只好买了两瓶茅台去看厂长，他已经做好了准备，要是厂长不收礼他就赖在那里不走。厂长果然说："你这是干啥，老穆？我是从来不收礼的。"老穆说："厂长，我知道自己错了，其实你不知道这些年我心里一直很难受，觉得对不起你，可我又不知道怎么跟你说。"

厂长用手使劲儿地拍了一下老穆的肩膀，说："过去我早已经忘了，你好好工作就行，我心里有数。"老穆说："这么说，你不让我去锅炉房了？"厂长说："扯淡，你是技术工人又是车间副主任，我让你去锅炉房干什么？"

厂长虽然没收礼，可老穆觉得厂长的胸怀还是蛮大的。但毕竟自己整过人家，让人家受了不少罪，要说这事儿就这么轻描淡写地翻篇了，老穆还是不信。他把自己的想法跟老婆说了，老婆说："我看你们厂长这人不错，要我说你就是想多了。"

难道自己真的想多了？老穆总觉得心里不安。那天下班忽然下雨了，老穆举着伞没走几步就发现厂长在小区门口，便赶紧过去把伞罩在厂长头顶。厂长看着老穆笑了，然后推了一下说："我喜欢这种感觉。"

老穆又睡不着觉了，他觉得厂长这是借题发挥在暗示他：这件事儿根本还没过去。再联想到每次在厂里遇到厂长，厂长总是微笑着和他打招呼，可他跟别人为什么不笑呢？这种特殊待遇不正说明厂长把他当成外人了吗？

他实在睡不着翻来覆去地又怕把老婆弄醒，便想到小区的院里走走，排遣一下糟糕的心情。可当他坐到凉亭上把烟掏出来时，才发现没带火。这时一缕火光出现在眼前，厂长忽然把火举到他跟前，微笑着向他示意。老穆赶紧从烟盒里抽出一根烟递给厂长，并且诚惶诚恐地说："厂长，你先来！"

厂长只好把烟点着了，说："怎么睡不着了？"老穆说："是，我总忘不了过去那些事儿，心里难受。"

厂长说："过去的事就过去吧！"

老穆说："可是厂长……"

厂长生气地说："穆仁智你怎么回事儿？本来我已经都忘了，你为什么非得揭我伤疤？"这是"那场运动"前厂长对老穆的称呼，当时正演电影《白毛女》，因为老穆姓穆，厂长便喊他穆仁智。

老穆泪眼婆娑地看着厂长，忽然觉得这个绰号很贴切。

## ◎ 血缘

　　不知从什么时候开始，父亲苏大忠住在了儿子对面的小区。在儿子苏戈送典典去幼儿园的时候，苏大忠就跟在儿子的身后，一般的情况下苏大忠都和儿子苏戈保持一定的距离。他怕儿子发现自己，但儿子还是发现了他。

　　那天苏戈在把典典送到学校以后，忽然想起一件事儿要嘱咐儿子，便折身又返了回来，也就是在这时他发现了父亲，正在手扶栏杆抻着脖子向幼儿园里看。虽然已经小十年没见面了，可他仅凭父亲瘦削的背影还是一眼认出了父亲。父亲看着站在自己面前的儿子，有些尴尬，不知所措。

　　儿子问："怎么良心发现了？"

　　父亲说："我就是想看看我孙子……没别的意思。"

　　儿子说："你有孙子吗？"

　　父亲说："你这话说的，典典不是我孙子吗？"

　　儿子微微一笑说："没错儿，在血缘上他的确应该叫你爷爷，可在亲情上你好意思让他叫你爷爷吗？"

　　父亲说："儿子，我今儿是来给你道歉的，我知道欠你们的太多了，我也不想你们原谅我，只要你能让我看看孙子就行！"

　　儿子说："这些话你别跟我说，去跟我妈说，只要她说原谅你了，我无所谓。"

苏戈说完这句话就走了，父亲苏大忠望着苏戈的背影沮丧地靠在一棵树上，早春的日光暖暖地扑在他身上，可他只觉得心里发冷……

苏戈的母亲前几年已经去世了，如果她还活着，苏大忠也许就没勇气回来了。在苏戈还没进幼儿园的时候，苏大忠便跟一个女人跑了，而且还拿走了家里所有的存款。现在母亲走了，他却回来了，苏戈越想心里越堵得慌，他早已经用怨恨切割了和父亲苏大忠有关的一切联系，他这一辈子都不想再见到这个人。

可这个人偏偏不知好歹地又回来了。

晚上，苏戈只好把苏大忠回来的消息告诉了老婆，他的意思是想让老婆站在他这边，和自己一起同仇敌忾，可没想到老婆却说："他毕竟是咱们的爸啊！"

苏大忠每天都去幼儿园看典典，透过铁栅栏看着典典在园里玩耍，苏大忠就会想起苏戈，想起苏戈小时候，他也是这样站在外面看儿子。但他现在看的是孙子，隔了一代那种感觉还真的不一样。好像孩子的一举一动都牵着他的心跟着动……

那天苏戈来晚了，苏大忠牵着典典的手正在往小区里走。苏戈迎住父亲说："你是怎么把孩子骗出来的？"苏大忠说："这还用骗吗？人家老师一看我这长相，就知道我是典典的爷爷。"

苏戈上前把典典的手牵过来，说："以后请你离我儿子远点儿，我不想让他再看见你！"

典典一步一回头地看着苏大忠，对爸爸说："爸爸，你为啥这么凶？难道他不是我爷爷？"

苏戈说："你爷爷早死了，他怎么会是你爷爷呢？"

但典典根本没信，在以后的日子里典典经常跑到栅栏跟前，隔着栅栏和苏大忠说话，苏大忠便偷着给典典买好吃的和玩具。

典典虽然只有六岁，可他完全相信苏大忠就是他爷爷，所以在叫爷爷的时候是完全发自内心饱含深情的。这让苏大忠很感动，眼泪也不知不觉地流了出来。孙子叫爷爷本来是再平常不过的事儿了，

可在经历了这场磨难之后，在他的身份不被儿子认可的情况下，由孙子典典叫出来，他又怎能不激动呢？

都说人老了泪腺松弛容易流泪，这话还真对呢！在和孙子典典相处的这些日子，苏大忠的眼睛总是湿的，他总在流泪，以至于典典经常说："爷爷，你怎么又哭了。"

苏大忠和典典秘密来往，还是被苏戈发现了。老婆对苏戈说："这回你明白什么叫血浓于水了吧！你可以不认但你挡不住孩子认。"

那天苏戈主动去了苏大忠家，苏戈说："孙子你也看到了，你也该走了。"

苏大忠说："儿子，我现在已经老了，你让我去哪儿啊？"

苏戈狠狠地说："我说过了我不是你儿子！你要再叫我儿子，别说我对你不客气了。"

苏大忠谦卑地说："苏戈，我毕竟给了你一条生命，难道我在这里赎罪还不行吗？"

两个人谈了半天，最后还是不欢而散了。很快清明节到了，苏戈带着儿子到母亲的墓地祭奠，正好苏大忠也在，苏戈看着脊背佝偻的父亲不知为什么忽然心里一动。接着典典一下跑到苏大忠跟前，大声地喊着爷爷。

苏戈说："你还真以为放下屠刀就可以立地成佛啊！"

苏大忠可怜巴巴地说："我就是想跟你妈忏悔。"

苏戈说："可惜我妈听不到了！"

那天下午典典忽然不见了，苏戈赶紧去苏大忠居住的小区，发现父亲正在草坪跟前给典典念儿歌，他念一句，典典也跟着念一句。只听父亲念道：鸡儿叫，鸟儿飞，敞开屋门，等爹归……

这是父亲自编的哄苏戈的一首儿歌，当时苏戈太小听着也没觉得怎么着，现在苏戈有儿子了，再听这首儿歌不知为什么心里却有了别样的滋味。随着典典稚嫩的童音，苏戈不知不觉地也跟着念了起来。

## ◎ 适应

新媳妇小叶是老戴用自行车娶来的，和小叶一起来的还有她的独生女儿娇娇。自行车是加重的那种，很结实，小叶坐在后座上，而娇娇坐在自行车的横梁上。即时刚到夏天有点儿热，老戴使劲儿地蹬着自行车，只能听见路两边树上的鸟叫。小叶双手搂着老戴的腰，一副很满足的样子。

要到家门口了，开始有街坊跟老戴打招呼，老戴只好把车子停下来一脸微笑着回话。小叶看着这些陌生的邻居便也跟着笑。于是便有邻居说，看不出老戴还蛮有艳福嘛！要说小叶长的那是没说的，虽说三十大几了也生过孩子了，可还是该胖的地方胖该瘦的地方瘦，这也是老戴选择小叶的主要原因。

老戴的媳妇儿死几年了，老想找一个，可始终也遇不到合适的，而小叶呢正好和丈夫离了婚，两人经人介绍一下子就对上眼了。

其实老戴已经四十多岁了，儿子结婚都有孩子了，他根本没想到还能找到小叶这么年轻又漂亮的媳妇儿。而小叶主要是看上了老戴的工作，虽说岁数大是大了一些，可这跟一份安稳的生活相比毕竟是可以忽略的。

小叶用手揽着自己的女儿娇娇进了屋，随意浏览了一下屋里的摆设，虽说跟想的不太一样，但大体上还能说得过去。

老戴说："时间挺匆忙的你又不让置办，我也没来得及收拾，

让你委屈了。"

小叶说："就冲你这句话，我也没嫁错人。"

老戴左右看看，赶紧把灶子点着了烧水。小叶挪动着身子慢慢地踱到堂屋地中间，开始看柜子上摆着的老戴媳妇的遗像。屋里很静，只有娇娇来回走动轻微的声音。挂钟在遗像跟前挂着好像还是新的，只是钟摆不停地摆动着让人觉得心烦。小叶不由得皱起眉头。

老戴把一杯水放在柜子上说："来先喝点儿水，我加糖了。"

娇娇赶紧说："妈，我也要喝水！"

老戴说："都有。"

小叶看着遗像说："你老婆长得蛮好看的！"

老戴说："谢谢你，我一定当真话听！"

小叶看着老戴说："你怎么知道我说的不是真话？"

老戴说："要不我把它拿下来？搁这儿挺碍眼的。"

小叶说："我来时它就搁这儿了，你现在要把它收了，倒显得我连一张照片都容不下了，这不好。"

话是这样说，可夜里小叶在和老戴折腾的时候总走神儿，觉得老戴的媳妇儿就搁堂屋那儿盯着呢，所以配合得一点儿也不好。完事了老戴意犹未尽地说："我看你好像有点儿心不在焉，要有事儿你就说，千万别不好意思。"小叶说："我能有什么事儿？反正也不耽误你乐呵。"

可是白天老戴上班，小叶搁家里却经常看着堂屋遗像发呆，她有些后悔没让老戴把遗像摘下来。时间久了，女儿终于知道母亲的心病，所以那天趁着老戴和母亲不在家，便把自己父亲的一张照片装在一个镜框里也立在了挂钟跟前。

小叶回来埋怨女儿娇娇："你咋把他照片搁那儿了？"娇娇说："我是看她太孤单了，想让我爸给她做个伴儿。"

老戴神色几度变幻，然后嘿嘿笑着说："我看挺好的，不管怎么说他还是娇娇的爸爸嘛！"

但男人的适应能力很强，老戴夜里在和小叶行夫妻之事时，眼前也闪过小叶前夫的照片，可那也只是一闪而过，倒没太大影响。

老戴是一家粮店的主任，米面油啥的家里很足，不到半年小叶和娇娇都吃胖了。小叶心里充满感激，她现在已经很少去想堂屋里柜子上的遗像了。

老戴对娇娇很好，晚上回来总不忘给孩子带点儿零食。不知从什么时候开始，小叶也没注意，娇娇已经喊老戴爸爸了。那天小叶特意做了四个菜，一家人吃得都很开心。小叶说："老戴你知道吗？你对我女儿好，其实比对我好还重要。"

接着十一到了，一家人出去郊游，晚上回来的时候大家都挺累，可娇娇忽然坐在地上说，她的脚崴了，说完这句话她的目光停在老戴身上便不动了。老戴只好蹲在地上把娇娇背到身上，四五里地老戴愣是把娇娇背到家。

把娇娇放在床上后，老戴一屁股坐在地上。娇娇从床上下来走到老戴身边，撒娇地推着老戴说："你还真是我爸啊！"

老戴疑惑地看着娇娇说："敢情你没崴脚啊？"

小叶故作生气地说："你这孩子有你这么干的吗？"

娇娇说："我这不是考验他嘛。"

娇娇这个孩子学习不用功，可调皮捣蛋却有一套。她曾不止一次地恶搞老戴，可老戴都云淡风轻地过去了，这让娇娇对老戴的好感越来越浓了。

当天晚上，小叶前夫的照片被娇娇拿走了，老戴也要把媳妇儿的遗像取走。可小叶却说："算了，我已经适应了。"

## ◎ 感动

　　儿子已经差不多一年没回家了，老两口想儿子。白天没事了想，夜里做梦了也想。儿子在深圳工作，又是一家公司的高管，所以每天很忙，连谈恋爱找对象的工夫都没有。往往是电话打通了，还没说上两句话，儿子那边就把电话挂断了。接下来是老两口对儿子未来的谋划和猜测，无疑他们都希望儿子好，可又免不了为儿子担心。

　　儿子虽说没时间跟老人说话，但还是蛮孝心的。到换季的时候他总不忘给两位老人买衣服，还有一些流行的营养品，他也总是随时给老人寄回来，并且嘱咐老人要好好照顾自己，等他有空了就回家看他们。

　　这些话其实就是安慰，儿子这些话已经说了八年，可除了每年的春节，其他的节假日从没回来过。两个老人表面上是不舒服，其实内心一点儿气也没有。他们理解孩子，忙，说明他有事儿做，有事儿做说明领导器重，只有领导器重了，儿子才有发展前途嘛。

　　一般星期天儿子都能跟父母通个电话，话都被老伴儿说了，等轮到老头儿，儿子已经把电话挂了。

　　老头儿说："你就不能给我留两分钟，让我也说两句？"

　　老伴儿说："谁知道他今儿挂这么快啊！"

　　老头儿脾气不好，可也不爱跟老伴儿掰扯。其实他也没啥说的，该说的话老伴儿早说了，他再说也是重复，没准还惹儿子心烦。

照儿子的意思要接他们去深圳安度晚年，可老头儿觉得家里还有地，他刚六十出头儿，还有力气伺候，就这样走了未免太可惜了。老伴儿也是这个意思，她说现在年轻人有年轻人的活法儿，咱啥也不懂去了也只能给儿子添乱。

两人最合拍的事儿是在一起讨论将来儿子找啥样的媳妇儿，老头儿说，那还用问，当然是找好看的！

老伴儿说："合着你的意思是我难看呗！"

老头儿说："你要非对号入座我也没法儿。"

这下子两人开始就这个话题饧饧个没完没了，正说着儿子拎着拉杆箱进屋了。两人马上怔怔地看着儿子都不吱声了。

儿子回来得太突然了，两位老人都高兴得昏了头，所以痴痴地看着儿子半天也没反应过来。

儿子说："爸妈，你们说啥呢这么热闹？我在院里都听着了。"

老伴儿看着老头儿说："啊，对了，这不儿子回来了吗？他是当事人最有发言权了，你问问儿子他想娶啥样的媳妇儿，是好看还是不好看的？"

儿子看一眼父亲马上明白是怎么回事儿了，因为他太了解自己的父母了，所以他故意沉吟一下说："要我说这事儿也好办，干脆娶一个不好看的……"

老头儿赶紧说："你说啥？"

儿子说："你着啥急啊，我还没说完哪！我的意思是说，娶一个不好看的在家伺候爹妈，然后再娶一个好看的带着出去逛街。"

老头儿说："你这不是各打五十大板，逗我们玩儿吗？"

儿子说："可这是我目前能想到的最好的回答了。"

接下来两人开始给儿子做饭，老头儿也许是为了讨好儿子，也许是故意给老伴儿添堵，一激动居然把报晓的公鸡给杀了。当时因为沉溺在儿子回家的幸福中，老伴儿也没在意。可第二天老伴儿不干了，她说："老东西我看你是故意跟我过不去，你不知道没鸡打

鸣了我心里空得慌吗？"

老头儿说："那你说怎么办吧？反正鸡已经让你儿子吃了。"

老伴儿总在想自己的鸡，想着它的声音隔着窗子传进屋里，清亮亮脆生生地走进她心里，她恨老头儿断了她的念想，一宿也没睡好。

儿子理解母亲，只好到镇上的集市花高价买了一只公鸡。要说这只鸡肥嘟嘟的品相真不错，而且冠子红得像血，往下耷拉着。可不知为什么母亲等了一夜，它也没打鸣儿。

儿子只好对母亲说，看来这只公鸡认生，还没适应环境呢！连着两天这只公鸡都是哑巴，到了第三天，本来老伴儿已经不抱啥希望了，可忽然外边响起公鸡的叫声。

老伴儿赶紧抻着脖子看着窗户说："老头子，你听！"

老头儿嘿嘿笑着说："别说公鸡就是一只母鸡，你儿子也能让它打鸣儿。"

早晨吃饭的时候儿子说："妈，你这鸡也打鸣了，我也该走了！"

老头儿看着儿子一脸神秘的笑，然后说："你还真是你妈儿子，愣是把一只哑巴鸡整叫唤了！"

儿子走后，公鸡又哑巴了。老伴儿走到鸡窝跟前抱起公鸡说："儿子说得没错儿，这玩意儿还真认生。"

老头儿说："你还真以为那是它在叫唤？那是咱儿子在哄你玩儿呢！"

老伴儿怔怔地看着老头儿，一滴泪水滴在鸡冠子上。公鸡可能受到感动，忽然伸长脖子大声地叫了起来。

## ◎ 定力

宾馆豪华，房间的装饰也豪华。茶几上的金马摆件泛着炫目的光泽，让刚进房间的马青青只觉得头晕。只见导演伸出修长而白皙的手指把摆件拿在手里，他的头很大而且开始谢顶，前半边已经看不见多少头发，而后半边却又被他随便地一拢梳了一个辫子。他好像没看见进屋的马青青，或者说他明明看见了而故意忽视她的存在。

摆件在导演手上灵巧地转着，马青青不知为什么忽然觉得此时她很像这个摆件，只要导演的手指一动就能决定她的命运。

导演终于玩腻了，把摆件放下端起了茶杯。在他的目光落在马青青身上的时候，她赶紧微微一笑开始介绍自己。

导演说："啊，我想起来了，你是老枪介绍来的。"

马青青说："是。"导演在漫不经心地问了她和老枪的关系以后，似笑非笑地说："我不管你跟他什么关系，我只认人不认情。"

接着导演又问马青青是哪所学校毕业的，等马青青回答完以后，导演不无失落地说："你们现在的运气真好，不是中戏就是北影的，不像我拍了半辈子戏还是草班出身！"

马青青说："其实，真功夫和学历没什么关系。"

导演听了这句话很高兴，他喝了一口茶开始认真地打量马青青。

导演说："我看你的形象还不错，我新接的一部年代剧有个女二号，倒是挺适合你的。"

马青青说："导演，谢谢你给我机会……我本来是想给你带点儿礼物的，可又不知你喜欢什么。"

导演说："不用，你就是最好的礼物。"

马青青虽说学的是表演专业，耳濡目染地也知道演艺圈是怎么回事，但她这人传统，所以从北影毕业已经三年了，跑了很多片场还一个像样的角色也没有接过。很多的同学都接了戏，有的已经开始演女主了。她有些着急，一个闺蜜便通过舅舅的战友老枪把她介绍给导演。

导演是答应马青青了，可她在横店等了一个多月也没下文。马青青只好去找导演。导演说他是答应她了，可这事不是他一个人说了算，他还要和投资方制片人沟通，只有他们点头了才行。

马青青没事儿只有看剧本，她觉得女二号的身世太可怜了。在廉价的小旅馆里，马青青泡着方便面想着她为和相爱的人长相厮守，不惜去给有钱人家当丫头，而受尽了大少爷的侮辱。马青青设身处地，好像自己真的穿越到了那个年代，而成了女二号的真身。

马青青特别感动自己对角色的把握和理解，她想打电话把这些告诉导演，可导演根本不接电话。也是没办法了，马青青只好买了一条领带包好了，像猴子一样地等在导演房间的门外。

导演回来已经半夜了，马青青不好意思地跟着导演进屋，导演说："我不是说了吗？你好好回去等消息就行。"

马青青把领带递给导演说："我又没钱又不会买东西，你别见笑！"

导演说："我懂你的意思，其实我更关心的不是你送我什么礼物，而是艺术。这你应该明白啊？"

导演明显有些生气了，马青青只好说打扰导演休息了，然后和导演告辞。

回到小宾馆又等了一个月，马青青已经把剧本吃透了，连女主角的台词她都能背下来了。她再也不敢给导演打电话，心里很纠结，觉得再这样等下去已经没有意义了，可要这样走了又心有不甘。正在这时，导演给他来电话了，让她准备一下明天去试镜。

马青青以为这回终于可以定下来了，可试完镜以后，导演却说还得等。马青青从片场回来已经精疲力竭了，主要是心太累，这种等待不像拂晓前看日光那样心生温暖，而是每一次日出之后，说不定马上又天黑了。

这时，闺蜜来电话给她出主意，说："反正导演不是暗示过你吗？要我说你们的演艺圈就是个染缸，你想保持本色看来是不大可能了。"

马青青觉得导演从头到尾都是在逗她玩儿，说什么投资方制片人，又什么试镜的，说到底还不是为潜规则而挖的坑。

可你不被潜行吗？要上戏你总得做出点儿牺牲嘛！想到这里马青青似乎不那么排斥导演了。她给自己化了一个淡妆又去找导演。

可让她意想不到的是导演的房间有人了，而且还传出来一个女孩子开心的笑声。马青青忐忑不安地盯着房间正在考虑要不要进去的时候，一个浓妆艳抹的女孩挽着导演的胳膊出来了，只听女孩说："那说定了！"导演说："没问题，这个角色就是你的了。"

马青青只觉得委屈转身想走，却被导演看见了。导演喊了一声马青青，然后上前说："制片人已经同意你演女二号了。"

马青青看着导演身边的女孩说："你不是已经答应她了吗？"

导演笑呵呵地说："你误会了，她是我女儿。"

## ◎ 冤家

　　大西岭村子挺大的，五条土街，我家在最后一条街。而生产队的饲养棚在第一条街紧靠场院房子。放学没事儿我经常到饲养棚去玩儿，原因是我想看父亲干活儿，看父亲把草和料搅拌好了倒进马槽里。我喜欢听几十匹马一起嚼草的声音，这有些像镰刀割庄稼，嚓嚓嚓的，欢快而富有节奏，这让我很容易想起一望无际的麦田上，一排光着膀子的农民前后错落，刀光闪烁地缓缓向前挺进……我甚至能看见汗珠儿从他们黄褐色的脸上、身上缓缓地砸在金黄的麦垄上，我还能听见蝈蝈的叫声，和不知是谁忽然挺起腰来对着热啦啦的阳光喊上那么一嗓子。

　　我喜欢这种劳动场面，即使几十年以后我到大都市工作，我也经常想起麦地的刀光，还有那嚓嚓嚓的马嚼草一样好听的声音。可我的父亲，是从来不到麦地的。他的腿因为救一匹马落下残疾，锄田跟大帮显然是不行了，生产队革委会为了照顾他便让他去了饲养棚。

　　父亲心灵手巧会编席子，不管是谁家没炕席了，只要吱一声就行。父亲编出的席子席花细密紧致耐用，都说比供销社卖的还好。

　　铡草是细活儿，草长了马吃了不易消化，可太短了又费时间。所以看一个饲养员是否合格，看他铡草就什么都明白了。父亲铡的草好像用尺子量过一样长短正合适，大家包括革委会的主任对他都很满意。唯有李大头对父亲有意见，而且不止一次找父亲的毛病，不是说父亲的草铡长了，就是说料给得不够。但父亲从不跟他理论，只有实在忍不下去了，父亲才会指着李大头套上的马说："大头，你又不是没长眼睛。"

李大头看了一眼自己套在车上的马，几匹马膘肥体壮的，他只好扬起鞭子把气撒在马身上。

在大西岭这个大村子里，要说李大头也算是一号人物，生产队几挂大马车他赶头挂，是有名的车老板子，要搁现在那就相当于汽车队长。可他这人脾气大，因为他要我二姐给他大小子当媳妇，我爸没同意，所以始终耿耿于怀。

我觉得他主要是没瞧得起我父亲，认为父亲不过是一个饲养员，也没啥大能耐。可父亲在大西岭的人缘好，无论大人小孩、供销社卖货的还是小学校的孩子王，父亲都能说上话，而且我觉得大家都很喜欢我的父亲。

父亲除了会编席子，还有一手绝活儿：他扎得一手好灯笼。每逢过大年的时候，父亲的饲养棚里就堆满刮净的秫秸和五颜六色的花纸。这是一年中他最忙碌的时光，喂完了马他连抽袋烟的空儿都没有，秫秸在他手里好像忽然有了生命，被他灵巧的手指随意地固定在一个个木座上，然后把彩纸糊到秫秸上。他扎的灯笼有圆形的、方形的，也有三角形的，圆形的被父亲称作倭瓜灯，也是老百姓最喜欢的一种。可这种灯扎起来费时，所以父亲一般都扎方形或三角形的。这种灯只要把秫秸固定在木座上绑好，糊上纸即可。这种灯既省事也省料，看上又挺美观。

我没事儿就坐在父亲身后看他扎灯，他的手指虽说粗大，手掌也布满老茧，可却十分的灵活。等到年关临近有些人家着急贴对联的时候，父亲的工作已经基本完成。接下来我开始按照他的嘱托挨家送灯笼，直到我拎着红灯笼跟在父亲身后回家的时候，有的人家已经开始放鞭炮了。

　　父亲虽说和李大头不对付，但还是自作主张地给他扎了一个圆形灯笼。父亲的意思是冤家宜解不宜结，我也觉得李大头这回没有理由和父亲作对了。但想不到的是我家的倭瓜灯夜里被打坏了，父亲怀疑是李大头干的便找他去理论。李大头也懒得辩解，两人没说几句话就打了起来，结果是李大头滑倒在地把牙磕掉一颗。

　　李大头不依不饶的，这个年两家谁也没过好。父亲既觉得委屈心里又不得劲儿，事后他几次去给李大头道歉，可李大头连门也不开。这下父亲和李大头的冤结深了，两人再遇上了谁也不说话。

　　父亲和李大头成了冤家。

　　李大头是车老板子，控马的技术那是很好的。可那天不知为什么马忽然毛了，拉着一车玉米棒子的马车在村街上没命地奔跑。正赶上学校放学，情势相当危急，结果是李大头为了救一个学生被马车轧死了。

　　李大头死后，父亲很久也没说话，过年的时候他特意扎了一个红色的倭瓜灯送到李大头墓地。我还从来没有见过这么大的灯笼，立在地上简直快赶上我高了。而且灯围子上贴满了父亲剪纸的图案，有牛有羊还有马。风一吹，倭瓜灯滴溜溜地转起来，这些动物便不停地跟着转。父亲问我好看不。

　　我说："再好看他也看不见了！"

　　父亲说："其实有时候眼睛就是一摆设，没用。"

## 评论和后记

　　我喜欢橄榄树，不仅是因为它的名字具有诗意，更是因为它的生命力深受推崇。不论置于凶险地带，还是面对不可抗力因素，它都能排出万难活出自己的坚强。

## ◎ 散文化女性微小说的文学叙事

——评柴亚娟微小说三题

刘海涛

柴亚娟的《慧姐》《狗性》《颠倒》比较集中地体现了一个女性作家写"散文化小小说"的叙事特征和文体形态。这3篇作品是从一个女性作家"很家常"的叙事角度开始的，3篇作品都有一个被称作是"娟"的"我"，都选取了"我"身边的同事、亲人、姐妹等熟悉的人物做故事的主人公。"我"作为一名"女性家常故事"的讲述人，叙述姿态和讲述基调都很真诚、很随和，就像和亲朋好友坐在餐桌上讲自己最熟悉的同事和亲人的故事一样，充满着一种人间的烟火气和真实感。

《慧姐》写大学实习生"我"眼中看到的一个乡村女民办教师慧姐的形象，她在那个落后的乡村环境中遭遇到了极为惨烈的不公命运；《狗性》更家常了，讲的就是一个"我"的弟弟养了一条捡来的狗，最后竟被这只狗咬死的惊心故事；《颠倒》的故事主人公是我的"医生大姐"，她在诊断"子宫肌瘤"的过程中，因替患者"我"着想，讲了病情"不用手术"的真相，结果就被医院院长"劝说"提前退休了。这3个故事都是发生在我们平常普通的百姓身边，故事讲述人起头的叙述都是从我们日常生活的油盐酱醋茶开始，这些

191

故事主人公经历的事就是我们每个普通人可能都会遇到的。这就是柴亚娟的"三题小小说"一开始就能把我们带入普通人的平常生活和经历中的原因。所以我把柴亚娟的小小说故事先做一个"散文化的、家常、随意和自由"的叙事解读。但指出这一点并没有太大的意义，因为这不是柴亚娟小小说写法的基本特征和文体意义。

柴亚娟小小说的叙事方法最值得大家关注、最值得评论家去研究的地方，就是作家究竟是怎样把一种家常化的普通人的日常生活和命运创作成充分体现小小说文体特征的文学作品的？换句话说：柴亚娟是怎样把家庭琐事和普通百姓的生活构思成为一篇能震撼读者心扉的真正的小小说的？

综合看这3篇作品可以发现：柴亚娟在她最熟悉的也是最普通的熟人、亲人的身上，抓住了他（她）们最终的：或者以自己的生命为代价，或者以自己的谋生职业被剥夺等材料来体现出底层普通百姓大起大落的悲剧命运。而在这3个令人震惊的悲剧命运中，包含着一个十分深刻的时代意义和人生哲理，柴亚娟把一个女性作家笔下的散文化的家常材料变成了一个涵义深厚、立意新颖的高质量的小小说了。慧姐作为那个时代的乡村民办教师，她对自己的职业极为用心；对自己的家庭和丈夫很是认命和专一。尽管她的丈夫不是自己的初恋和所爱，但她像中国千千万万的那个时代的妇女一样，她认了这个"嫁鸡随鸡、嫁狗随狗"的命后，恪守妇道，专心相夫教子，她的这种认命也是中国千千万万个那个时代女性命运的一种文学概括。但这样的一个慧姐，命运之神仍然没有放过她：丈夫姜天得了重病瘫在床上，她四处打工积攒了一点儿钱后开了个"慧姐饭庄"，挣下的钱用来照顾重病的丈夫；就是这样一个默默无闻、努力抗争人生中的天灾人祸的普通乡村女性，最后竟然被人杀害了。这是谁杀的她？为什么要去杀她？故事讲述人"我"就着叙述视角的限制恰到好处地"留白"了，这就为读者创建了一个能展开艺术想象的巨大空间，这也就是小小说文体最经典的构思方法。柴亚娟就是这样，让一个乡村普通女性经历了大起大落的人生命运；并与她的悲剧命运相关联，让读者去想象时代和人性中的若干深层内涵，这就是柴亚娟的"散文化女性小小说"最让人看好的文学创意和艺术魅力。

同样的分析路径也适合于《狗性》和《颠倒》。"我"的那个小学生的弟弟看到了一条受伤的小狗可怜，就带回来给小狗治伤和喂食；因母亲一而再再而三的反对，弟弟就抱着狗跑到父亲的墓地去睡觉了；弟弟病、小狗也病，弟弟就把自己的好饭好菜、自己治病的药分了一半给小狗；弟弟的爱心和善待养大了小狗，但这条小狗在被弟弟点燃的"二踢脚"惊吓后，竟像饿狼一样扑倒并咬了弟弟，弟弟就这样得了狂犬病死了。弟弟和大多数的农家子弟一样富有个性和爱心，但弟弟的善意、童心却被他精心拯救和爱着的小狗毁灭了。他死于自己的拯救对象，这条小狗给了他的恩人致命的一击。"恩将仇报"的故事再次震惊着我们的心灵。这是一个活生生的乡村善良的充满爱心的孩子，就这样死于自己心爱的宠物之口，弟弟用生命为代价换来了警醒，这就使得一个散文化的叙述乡村孩子的人生命运的家常故事，立刻灌注进了高质量的生活哲理和人生箴言。

《颠倒》的故事本来也很女性、很家常。"我"40岁那年被3家医院都诊断为"子宫肌瘤"要做手术。而做手术前再由"医生大姐"做超声波检查，"医生大姐"发现是误诊可以不用做手术，"我"万幸地保住了子宫。当我来到医院面谢"医生大姐"时得知："医生大姐"因对我讲了"不用手术"的真实情况，被人告密给院长而被"劝谈"退休了。好人没有好报，"医生大姐"为什么会遭遇到如此的人生命运，故事讲述人还因"叙事视角"的限制，仍恰到好处地做了"小小说留白"处理。这就使得柴亚娟的一篇散文式的叙述自己的日常生活故事的作品，就这样因人物大起大落的命运；以及其隐含着没有点破的创意内涵——这两条就使得柴亚娟的家常、随意、自由的散文化叙事的材料，变成了一个非常符合小小说文体规范的小小说经典故事；故事主人公有了突变的悲剧命运；故事情节意外

地构成了大反转或大曲转；而这些就是小小说文体的基本特征和文体魅力。

当然，仅凭3篇作品就定性柴亚娟小小说的创作个性和作品风格那是远远不够的。我们只能这样说，柴亚娟的这3篇作品说明了小小说文体有一种这样成功的文学构思：家常化的随意形态的散文材料，只要紧扣人物的命运来构思，只要让这个家常、随意、自由的散文材料能包含一个高质量的人生哲理的立意时，并能用符合小小说创作规律和情节结构来"留白"小小说创意，这就能使一篇散文化的故事材料改造成为成功的小小说。而柴亚娟作为一个女性作家，从"女性意识"的角度来感知女性的日常生活和家人的普通生活，用正宗的小小说方法来炼铸情节、讲述故事以及创建立意，这会使一个女性作家特别敏感的生活题材和艺术感受变成了正宗的体现"女性小小说"创作风格的优秀作品，其中"散文化女性小小说"就是这样的一种成功写法和优秀案例。

刘海涛，岭南师范学院二级教授，中国写作学会名誉副会长，广东写作学会会长。

# ◎ 味外味：乡土·爱情·艺术

## ——评柴亚娟"乡村系列"小小说

孙胜杰

　　小小说虽然文字不长，但可以写得意味深长。所谓"意味深长"是指小小说自身独特的"味外味"。"味外味"源自唐·司空图《与李生论诗书》中所说的"味外之旨"，后多见于清代文论中，如清·沈德潜《说诗晬语·卷上》中所说，"有弦外音、味外味，使人神远"。阅读是一种"使人神远"的审美过程，"味外味"是小小说审美属性之一，读者在阅读过程中打破时空限制，自由想象，借助自身的生活经验去品味作品中体现出的"味外味"，即作者创作中呈现出来的"空间的厚重感"（"墨白"语），也正是因为这种"空间的厚重感"可以忽略其因为短小而产生的局限性。在柴亚娟以"乡村系列"命名的五篇小小说——《风景》《力量》《冤家》《智慧》《岁月》，这种"意味深长"被表现得淋漓尽致。

## 一、乡土之"味"

　　柴亚娟对乡村的关注目光是锐利的，但叙事语言是温柔的，这

195

种锐利中的温柔凸显出语言的张力与诱惑力。《岁月》中塑造了"最后一个编席人"的形象，随着社会时代的变迁，再精湛的编席手艺也挡不住历史的巨轮，被碾压淘汰者注定成为时代悲剧的承受者。从青年走向老年的常山靠着编席手艺收获了爱情婚姻，还养大了四个儿子，对于常山来说，编席不仅为着生活，而是成为他生命的一部分。随着时代的变革发展，地板革代替了席子，"他觉得他把自己的一生都编在了经纬纵横的席子上了，可不知为什么他本来在席子上坐着呢，忽然就被人推下去了……"小说结尾，桂枝墓地边燃烧席子的冲天火光，让人对常山的怜悯之情油然而生。作者在身边小人物身上敏锐地看到了改革时代的特色人物——"最后一个"的时代悲剧性，以小人物的人生来透视大时代的问题，正如文艺评论家雷达所说，"小小说是一种限制与超越相对抗的艺术。"作者虽然锐利地发现了个体与时代矛盾，但对这种矛盾的叙述并非尖刻，而是以温柔的语言和场景描写来表现，比如，"常山的手在篾子上灵活地动着，每一条篾子都在常山固定的程序里不停地晃动，这让桂枝想起了秋风吹过一望无际的田野黄灿灿的庄稼，摇头晃脑地歌唱，而常山就是在这样的歌声中挥动着手里的镰刀"，"常山跪在地上把席子一领一领地点着了，麻雀叫着飞向天空。只见火光冲天而起，比西天的晚霞还红还好看……"这样温柔的语言具有滋生能力，具有生命的词语能够穿透历史与现实。

《智慧》也表现了一种独特的乡土"味"，这种"味"只能产生在乡村，是农村人独具的幽默智慧。二小要娶大丫，但征得大丫妈同意的前提是，二小给定的彩礼钱要比他哥娶大嫂时多，原因是大丫妈不想让自己的女儿嫁别人家后受委屈。可二小考虑到他家里穷，还有弟弟，彩礼最多只能和大哥一样（500块钱）。于是二小找到村里最会调解纠纷的大明白，经过大明白的调解，大丫妈的彩礼钱从800块降到580块，矛盾纠结最终落在500块钱彩礼和580块钱彩礼。最终的解决办法是，这多出的80块钱最后决定用猪来抵，大丫妈遂同意。结果二小与大丫成婚后第二天，猪回到了大明白家的猪圈不再出来，原来冲抵80块钱的猪是大明白家的。大丫妈最后也只能以500块彩礼认下这桩婚事。故事中的二小和大明白都是乡村"智慧"之人，二小的智慧在于找到解决问题的人，大明白的智慧在于找对解决问题的方法。故事读起来既让人感受到乡村的土味，又使人反思回味，像大明白这些人的"智慧"故事也只能在乡村发生。

## 二、爱情之"味"

苏联作家苏曼诺夫曾说过，"艺术的打击力量要放到最后"，小说出奇的结局会给读者阅读心理带来意外的"打击"，从而产生强烈的"心理地震"，使小说留下更多的想象空间，形成更多的艺术空白，收到言尽而意未尽的艺术效果。《风景》和《力量》这两篇小小说的结局就达到了"出奇"的效果，给读者留下无限的想象空间。这两篇作品的内容都与爱情有关，爱情之"味"的产生也正源于故事的结局。《风景》写的是五叔和一个叫秦柔柔的女孩的朦胧爱情，很具有时代特色。秦柔柔随下放的父亲一起到农村，在农村土生土长的五叔对这个女孩既喜欢又羞涩。秦柔柔的忧郁让五叔心生涟漪，他努力想去接近她，在秦柔柔最艰难的时候去帮助她，可是"刚满十八岁，他朦朦胧胧觉得自己和秦柔柔之间是有距离的"。这个作品最动人的一处是结尾场景的处理，"他把秦柔柔留给他的发卡埋在了那片苞米地里，然后仰头望着辽阔的星空一脸眼泪"，最终一个红色的发卡成为五叔一生的意难平。秦柔柔是五叔人生的一道风景：美丽而遥远，可观赏而不可拥有。

《力量》写的是农村竞选村主任，作为准女婿的耿光明和岳父田占奎竞争村主任，一个是转业兵勤劳肯干，为人民着想；一个是官僚作风，为己自私享受。故事的结局是大家都渴望看到的，耿光明获得了胜出。但结局不是这个故事的重点，故事的精彩处在于胜出的过程，原本田占奎拿女儿的婚事相要挟，开场的田蓉蓉也一直在劝男朋友耿光明能够为了两个人在一起放弃竞选，选举的结果也是耿光明以一票之差落选，但故事的转折点出现在结尾，田蓉蓉一改先前对男友劝说的态度，转而支持，这样一个巧妙的处理就让男女主人公的形象都变得丰富立体，也让大家看到一种农村"新人"的形象。小说的主旨词是"力量"，是什么"力量"让田蓉蓉一改先前的态度，又是什么"力量"支撑着耿光明的选择呢？大概是爱情的力量，也可能是正义的力量，而这些空白处需要读者自己去想象。

### 三、艺术之"味"

柴亚娟"乡村系列"小小说的"味外味"不仅表现在作品内容上，还表现在对小小说艺术的探索中。首先，主题的模糊性。作品主旨不明确，会产生"味外味"，这种味外味不是作者所能掌控的，而是读者的一种创造，读者运用想象根据作者文本中留下的空白而产生。比如《冤家》就是这样，小说题目虽是冤家，但在作者的行文中，父亲和李大头并不是真正的冤家，反而有种惺惺相惜之情。小说以"我"的视角来写，所以文中并没有明确父亲和李大头所谓冤家结怨的原因，而且作者也无意于去纠结探寻两人结怨的原因。故事的结尾，"李大头死后，父亲很久也没说话，过年的时候他特意扎了一个红色的倭瓜灯送到李大头墓地。"通过父亲之口，说出另外一层人生哲理："其实有时候眼睛就是一摆设，没用。"其实人与人之间的情感是用心来感受。

其次，小小说是对作家的生活体验、作家艺术地感受生活的能力最直接切近的考验，柴亚娟的小小说以细节和场景描写见长，在细节和场景的描写中,作者不自觉地使对生活的感受本身成为艺术。小小说一般少不了妙笔,王蒙说,微型小说的特点多半在一个"妙"字;汪曾祺也说,小小说"意远笔精墨妙",在柴亚娟这里,很多细节和场景的叙述成为这组乡土系列小小说的"妙笔"。比如《风景》中的妙笔处在五叔埋发卡于苞米地的"场景";《岁月》的妙笔处在常山点燃用一辈子编织的席子,燃烧的冲天火光中映出一个迟暮老人的脸,这些场景或细节的呈现,既表达了人物情绪,也是塑造人物形象的策略——通过具有典型意义和具有特色的场景来塑造人物形象。

最后,"以小见大"也是小小说的审美特征,笔者在这里将"小"特指文本中的"小道具",道具在戏剧中无论大小都是为剧情发展、塑造人物和表现主题服务。柴亚娟在作品中对"小道具"的运用总是信手拈来,《风景》中的红发卡,《冤家》中的灯笼等,《岁月》中席子等,这些小道具在作品中不仅具有建构故事情节、塑造人物形象的作用,而且还蕴含着一定的审美意义。这些"小道具"在作品中并非作者随意虚设,小道具的运用几乎就是灵感来的一刹那,与作家的生活阅历和观察积累有关。

孙胜杰(1982.3-),女,汉族,黑龙江人,文学博士,副教授,中国人民大学访问学者,中国文艺评论家协会会员,中国文学地理学学会会员。主要从事当代文学批评、地域文化与文学研究。发表学术论文40余篇,专著3部;主持省哲学社会科学规划项目、参与国家社科基金项目等多项课题;学术成果多次获省、市哲学社会科学优秀成果奖,哈尔滨市"天鹅文艺大奖"、黑龙江省首届英华文艺评论奖。

## ◎ 人物性格与人物命运的关系

### ——浅析柴亚娟微小说四题

赵文新

最近学习了柴亚娟大姐的一些文章，从中受到不小的启发。柴亚娟的小小说写出了自己特色，开篇入题，引出人物，不拖沓。节奏把握准确，步步推进；抓住人物性格特点，在行进中设伏暗示人物命运；结尾来个大转弯，让人感慨的同时，回味无穷。

这些小说初读时，给人不走寻常路的感觉。生活中细小琐事，发展到最后出现与常人思维相反的结论。这些看似特例，存在于人们生活之中，一个不经意的动作、一次平常的行为、一句话都有可能给主人公心理造成危害，或引发一场悲剧。

柴亚娟的小小说大多采用先扬后抑手法，前边做足铺垫，让读者感到温暖，误以为必然会有一个符合常理的欢乐大团圆的结局。但生活中往往有一些事出人所料，却真实存在。作者正是抓住了生活中的这些节点，通过展示人物性格，暗示人物命运，看似一个意外的结局，其实早在意料之中。这也是小小说的特点。

《倔驴杨二》作者塑造了一个把面子看得比命还重的杨二，他家娃要赔黑板擦，他认为是老师的行为让他没面子，故意醉酒去学校找老师理论；然而又一次误会，看见娃站在教室前面，认为是被老师罚站，觉得丢人，对老师破口大骂；回到家后听见娃一句"都怪我爸"，不分青红皂白，转身就走。但是，听了婆娘的解释，自己不占理，觉得面子彻底丢尽了。所以他宁愿选择去死，也不愿放下面子去学校给老师道歉。回过头来仔细分析，不难发现，杨二的悲剧是他自己造成的。他骨子里藏着致命的弱点，认死理、钻牛角尖，遇事不会变通，脾气倔到让人有些气愤。为一点儿小事想不开，最终面子要了他的命。但是，杨二又不是一无是处，他后悔说明他善良的一面。可是这不足以让人同情，只能引以为戒。每个人都会犯错误，知错就改一样受人尊重。

《长大》开篇入题，引出人物"我"的侠义之举。但我们不能否认那个年龄段的孩子，似乎还带点儿狂傲，"我"的举动暗示了"我"在同学们心目中的地位。与张英杰拉近距离，两个个体渐渐融合，故事由此拉开序幕。

每个人的心理承受能力都是有底线的，伤到自尊心恐怕谁都受不了，因此张英杰，在好朋友说他是农村人时立马变脸。"我"或许无心，或许有意，但无论怎样，那种场合说张英杰是农村人，显然在"我"心里瞧不起农村人，对农村人有偏见，认为农村人小气，凡事计较，哪怕是"微小的裂痕"。也正是这"微小的裂痕"使两人的友谊从此开裂，再也不能和好如初。一个微小的细节，体现了作者心思缜密，也为矛盾的发展和结尾埋下伏笔。

两个人相处的时间并不长，因为失去朋友的信任，出现长时间的情绪波动，导致成绩下降。如果真是因为重友情，那么，"我"免不了为自己的一时口无遮拦自责；如果不是这样，只能说"我"很会伪装自己，给自己找一个成绩下降、高考落榜的理由。

张英杰虽然看上去有点儿不近人情，但读者能体会到她骨子里的力量，一旦爆发便不可阻挡。张英杰的成长让我想起那句歌词："感谢伤过我的人，是他们让我变得坚强。"但是伤害就是伤害，有意和无意没有多大区别。对于一个人来说或许自尊心受到的伤害，是永远不能愈合的伤口。所以这样的结局并不奇怪，两个人在同学会上的做法，不过是做给同学看的。

长大的经历是痛苦的，长大的过程又是快乐的，因为性格不同，想法不同，所追求的人生目标不同，每个人成长的结果也不相同。有些人和事可以在长大的过程中淡忘，有些事却印在心里。不在同一层面的人相处，多做换位思考，就可以减少或避免对方受到伤害。

《慧姐》一文塑造了典型的改革开放后的女人慧姐的形象。她心里复杂，有想法，有心计，与其说是被命运捉弄，不如说她弄巧成拙，一开始就没把握好自己的命运。为生活苦苦挣扎，最终的结果，令人有点儿惋惜，但也只能是一句慨叹：做人，要走正道。

改革的过程中，有一些不好的东西随之而来，一些意志不坚定的人抵挡不住诱惑，犯了错误，有人悬崖勒马，及时改过，有的人被时代吞没。

作为一位实习教师，"我"没有教学经验，更谈不上教学方法，想靠时间赢得质量，其收效甚微，遭到家长质疑、告状。但"我"的做法仅仅限于实习生吗？肯定不是，这就是教育的弊端，一些老师不研究教法，搞疲劳战术，弄得学生筋疲力尽，家长怨声载道，而质量真的会提高吗？这是一个值得令人深思的问题。一个"地头蛇"式的人物也懂得时间战术不可取，恰恰说明了这个问题。而我改进教学方法后，孩子成绩提高了，"姜天对我也刮目相看了。"说明什么？敢于实践，改变不适应的老教法，结合实际，因人而教才是适应新型教育的老师。

姜天向学校反映的是实际情况没有错，慧姐却要请"我"吃饭，我们不否认慧姐的热情，但也暴露了这个女人不简单，善于攻心，懂得周旋。慧姐和"我"掏心掏肺，一方面说明她没有可以倾诉的朋友，另一方面也暴露了慧姐不好的一面，比如她和本镇的一个副镇长相好多年。明知道他有家，给不了她婚姻，却不选择离开，是害怕镇长的权力，还是为了满足一己私利。这是作者留给人们思考的问题。而她与姜天的结合，是偶然，也是必然，那种情况下，恐怕只有姜天这种人才敢娶她。可是，一个男人不可能真心爱一个不爱他的女人，慧姐心里比谁都清楚。这是人类所具有的劣根性，为后面出人意料的结尾，埋下伏笔。

一篇好的小小说，人物一定是既有好的一面，又有坏的一面，这样写出来才有看点。慧姐既让人心疼，又让人有点儿小鄙视。如果说以前她不离开镇长是害怕他的权力，那么后来，姜天得了半身不遂，她为了给孩子一个完整的家，决定留下来照顾姜天，拼命赚钱供孩子读书。就是生活所迫，道德绑架，亲情使然的结果。那么，慧姐第一次请我吃饭有贿赂"我"的意思，后来她去城里与"我"小聚，就是感恩。她本性善良、热心，但是走错了一步，注定了悲凉的结局。让人爱不起来，恨不起来，只觉得慧姐可怜。

作者运用闲笔代替留白，给读者思考的空间。比如：慧姐说结识了许多各路朋友，有时还经常陪他们喝酒，还经常喝醉。这是文中第二次暗示慧姐命运的描写。很容易让人想到某一天她可能遭遇不测，而慧姐心里也清楚这一点，但是她不能自拔。慧姐说完想把自己变回小时候。扭过头去，这个"扭"字用得很好。虽然她不想面对现实，但她又无法改变现实。所以，等她转过来时，眼里含着泪水。"把自己变回小时候。"是她回归人性的本真的体现，也是第三次暗示吧。

读到结尾，或许很多人惊讶，慧姐一个善良、热情又懂得感恩的坚强的女人，为什么会是这样的结局？回过头认真梳理，不难发现文中的几处暗示。女人不容易，走错路的女人，输掉的是一生的幸福。

仔细品赏，就会发现作者所写的人物：个性强、偏执，认准一件事不管结果如何，一定要进行到底，哪怕是搭上青春，赔了性命，仍然乐此不疲。

《狗性》一文，塑造了一位不顾一切地喜欢小动物的弟弟，上演"农夫与蛇"的悲剧。

《狗性》是什么？狗性的本意恐怕许多人会想到一个词：翻脸不认人。文中被弟弟救下的狗，最终暴露本性，要了弟弟的命。

有人认为母亲狠心，埋怨一个大人还不如孩子有爱心。弟弟也气愤地说："它不脏，是你心脏了！"被母亲打了耳光之后，竟然固执地离家出走。我想许多人看到这里，都会埋怨母亲，没有爱心，甚至骂这位母亲不如一条狗。把狗性与人性对比。可我，不这样认为，我认为母亲说得没错，但是母亲拒绝的方法不对。弟弟救流浪狗也没错，人都有慈悲心。但是，母亲考虑到狗来历不明，怕传染人，母亲的担心是有道理的。来历不明的流浪狗，存在安全隐患，但是弟弟还不足以考虑这些，不顾一切收留这条受伤的小狗。母亲此时如果和姐弟俩讲清楚，收留不是不可以，要进行检查、定期防疫，就不会有后面的结果。

弟弟病了，母亲心软了，虽然不喜欢皮皮，但心疼儿子，不想影响弟弟的心情，只能默默离开。留下这条狗，没有正确处理，就留下了一颗定时炸弹。弟弟的固执最终导致他悲惨的结局。

狗留下了，弟弟和母亲的矛盾得到解决，作者开始以快乐的基调写人与狗的生活。狗似乎懂得感恩，善于察言观色，摇尾乞怜讨好主人。一段时间里，人和狗相安无事，母亲的警惕性也没了。读者为弟弟的爱心大赞，为流浪狗找到家而高兴。故事发展到这里，人们盼望着狗做出一次对主人心怀感恩的大事，这样符合好人有好报的常理。但是，有些东西，不是你想改变就可以改变的。俗话说：江山易改本性难移。我想对人对狗都适用。狗知道感恩，但是突如其来的变故让它不知所措，自私怨愤疯狂发泄在主人身上，主人付出了生命的代价。这个结局让人不寒而栗。

其实，《狗性》让我们看到的不仅仅是狗翻脸不认人的本性，生活当中，有的人也会如此，好心未必有好报。没事时千好万好，用着你时百般讨好，一旦触碰了他的利益，或突然打破平静的生活，便会失去理智，不顾一切地伤害有恩于他的人。所以，做任何事都不能凭一时冲动，麻痹大意，否则，一时的快乐换来的是一生的痛苦，甚至是生命的代价。

通过学习柴亚娟这些小小说，我认为给人一个出乎意料的结局，关键在于作者怎样构思和谋篇布局，找准切入点，精心设计和展开故事情节很重要。作者文中暗示性语言用得非常好，依托内心路线推动小说发展，当然由人物自己走出来的结局往往会出人意料。所以说：走常人都走的路线，不叫高手，不走寻常路才叫能人。

人无完人，文无完美。《倔驴杨二》有点儿单薄，《狗性》似乎在讨巧，但都体现了小小说不小的特点：小事情大道理，给人教训或启迪。

赵文新，辽宁人，曾是2019年《小说选刊》特约评刊人。

## ◎ 后记：我就是一棵橄榄树

感谢生活,给予我这样的命运。如此,成就了我,就像橄榄树一样,活出自己的模样。

我喜欢橄榄树,不仅是因为它的名字具有诗意,更是因为它的生命力深受推崇。不论置于凶险地带,还是面对不可抗力因素,它都能排出万难活出自己的坚强。

当我还是妙龄少女懵懂无知之时,由于母亲身体不好,家里兄弟姐妹五个都上学,只有父亲一人上班,家里非常困难。而我是孩子之中最笨的那一个,所以我没读完高中便辍学了。

两年后,看到同龄的女孩都嫁人了,这就意味着她们要将自己的一生交给这片土地。想到这儿,我有些害怕,我不想让自己的人生,这么早就有了定论,我一定得搏一搏。

我决定重返校园。

我拿着求亲靠友凑够的学费,背着父母,去学校报名时,吴校长对我说:"不收没有高考成绩的肄业生。"

我听了,彻底地崩溃了!一时接受不了这个现实,就转身哭着离开了。我不顾一切地一边跑,一边放声大哭,从五楼一直跑到校门口。

我彻底地绝望了,放弃了复读的念头。站在校门口,想回头最后看一眼校园,没想到看到的却是吴校长,他的一只大手拉住了我。

原来吴校长看到了我失态后，跟在了我后面……

吴校长对我说："孩子，回来吧，学校破格收下你了！"

从此，我的命运改变了。

考上师范毕业后，在母校教书八年。

后来也是因为生存，我闯到省城扎根哈尔滨。回首来时路，经历的那些艰难仿佛就在昨日。在省城，我当过服务员，做过钟点工，摆过摊儿，开过幼儿园，干过网站编辑，办过文化学校。

光阴似箭，日子就这样一天天地过去。2011年7月末，女儿考上了大学，我的生活总算松了一口气。那些留在记忆深处的人或事，不经意间就会在脑海里蹦出来。我读书时的文学梦渐渐复苏，找到了久违的感觉，便有了创作的冲动。

于是，在黄昏，在夜晚，在清晨，我的笔下出现了"阿秀、杨二、慧姐、小丫、兰姐、大海、阿兰、大萍、英杰、小囡"等一些小人物。这些小人物，在我的脑海中与故乡同在，我让他们在我的作品中鲜活地、立体地存在着……

感谢文字，让我在"门里门外"游弋，放飞心绪。直到2015年初夏，我参加了郑州《百花园》杂志和小小说网联合举办的第七届小小说高研班的学习。袁炳发老师当时受聘于《百花园》杂志的辅导写作教师，我有幸师从袁老师，正规系统地学习创作小小说。

人生对于我来说，真的是有许多个预想不到。譬如，我参加工作不久，一次偶然的征文投稿，我的散文《轮回不了的爱恋》荣获黑龙江经济广播电台1993年度"繁星点点"征文三等奖；搁置十几年的文字，拾起笔后创作的第一篇文章《报名》竟然在小小说名刊《百花园》（2015年第9期）发表了；2019年，我的《慧姐》竟然荣登国家级大型文学选刊《小说选刊》，后又被《小小说选刊》（第8期）和《微型小说选刊》（第16期）转载，并选入《新中国七十年微小说精选》和《2019"善德武陵杯"全国微小说精品集》两本书；2020年，我的《颠倒》和《心安》又被《小说选刊》转载，并且《颠倒》

荣获《小说选刊》杂志社和常德武陵区委宣传部联办的 2020 "善德武陵杯"全国微小说精品奖三等奖。

分享荣誉的分分秒秒别提多开心啦！只因为有了这几次的"预想不到"，我追求文学的梦更加执着了。

而今，在《幸福爱》即将出版之际，感谢袁炳发老师在写作上给予我的指导；感谢我的家人对我写作的支持；感谢为此书付出努力的朋友们。

2020 年 12 月 8 日晚写于家中